너도밤나무 바이러스

김솔 장편소설
너도밤나무 바이러스

펴낸날 2017년 9월 20일

지은이 김솔
펴낸이 이광호
펴낸곳 ㈜문학과지성사
등록번호 제1993-000098호
주소 04034 서울 마포구 잔다리로7길 18 (서교동 377-20)
전화 02)338-7224
팩스 02)323-4180(편집) 02)338-7221(영업)
전자우편 moonji@moonji.com
홈페이지 www.moonji.com

ⓒ 김솔, 2017. Printed in Seoul, Korea

ISBN 978-89-320-3041-8 03810

이 도서의 국립중앙도서관 출판예정도서목록(CIP)은 서지정보유통지원시스템 홈페이지
(http://seoji.nl.go.kr)와 국가자료공동목록시스템(http://www.nl.go.kr/kolisnet)에서
이용하실 수 있습니다. (CIP제어번호: CIP2017023680)

너도밤나무 바이러스

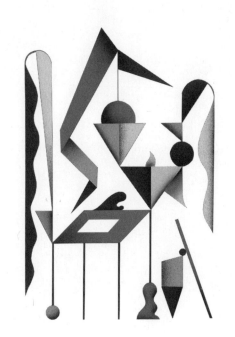

김솔 장편소설

문학과지성사

차례

" 나는 거의 존재하지 않았으나,

존재하기 위해 잠시 반짝거렸다."

1. 투쟁과 귀환 사이의 영웅

저는 거의 매일 밤 꿈속에서 정체 모를 자들과 투쟁합니다. 어떤 논리와 강령에 맞서고 있는지는 명확하게 기억할 수 없습니다만, 그들이 제가 속해 있는 세계와 삶을 부정하고 자신들의 세계와 삶을 강제하고 있다는 사실만큼은 그들의 험악한 표정과 거친 행동, 그리고 모호한 언어를 통해서 확신하고 있습니다. 사소한 말싸움이 주먹다짐으로 발전하였다가 심지어 학살이나 전쟁에 이르기도 합니다. 물론 처음부터 제가 승리하는 것은 아닙니다. 실수와 불운 때문에 어처구니없는 패배가 이어지다가 급기야 저는 동료들을 배신한 채 혼자 도망치기도 하고 대리인을 앞세워 비열한 협상을 시도하기도 합니다. 적들의 잔인한 고문을 견디지 못하여 제 의지와는 정반대로 행동하거나 말할 때도 있습니다. 하지만 이건 모두 투쟁의 일반적인 전술일 뿐이며, 단 한 순간도 저항을 포기한 적은 없습니다. 그리하여 꿈의 출구에 이르러선 항상 적들을 발밑에 굴복시키고 느꺼운 승리를 쟁취합니다—한여름 밤은 승리에 이르는 과정을 복기하기에 너무 짧고 밝습니다. 반면 한겨울 밤은 너무 길고 어두워서 늘 이야기의 처음과 끝을 찾을 수가 없습니다—. 꿈과 현실 사이에 놓인 철조망엔 항상 높은 전압의 카타르시스가 흐르고 있어서 그것을 가까스로 넘자마자 잠은 저절로 지워집니다.

분명 소리와 냄새에 대한 감각이 되돌아왔는데도 그걸 수용할 주체는 모호합니다. 불길한 전조를 감지한 지진계의 바늘처럼 눈꺼풀은 수분간 파르르 떨리고 숨소리에서는 2비트의 리듬을 감지할 수 없으며 입에서 흘러나온 침은 귓속에 흥건히 고여 있습니다. 발목에 걸려 있는 이불은 차꼬보다도 무거워서 몸을 뒤척일 수도 없습니다. 그나마 가라앉지 않고 버틸 수 있는 건 심장에서 시작되어 의식의 수면 위로 공기방울처럼 떠오르는 맥박 덕분입니다. 당신이 머리맡에 앉아서 제가 깨어나는 모습을 끝까지 지켜보았다면, 제가 억류되어 있는 삶과 세계가 정체를 알 수 없는 질병에 제압되어 있다고 생각할지도 모르겠습니다. 망상과 방탕이 불면증을 유발한다고 진단할 수도 있겠죠. 영웅이라면 모름지기 세상의 몰이해와 외로움을 숙명처럼 받아들여야 한다는 사실쯤은 잘 알고 있습니다만, 서운한 감정까지 숨길 순 없었습니다. 머리를 땅에 찧으면서까지 감사를 표시하지는 못할망정 멸시와 동정의 눈빛으로 저를 시체처럼 내려다보고 있는 당신을 향해 날 선 비명이라도 실컷 날리고 싶습니다—그렇다고 당신을 죽이려는 의도는 전혀 없으니 안심하세요—. 당신을 역사책 한 페이지 속에 가둬두고 저의 처절한 투쟁이 당신의 삶과 세계에 얼마나 지대한 영향을 끼쳤는지 입에서 단내가 날 때까지 설명하려고 했다가 마지막 순간에 의지를 꺾은 적도 한두 번이 아닙니다. 고통은 영웅의 식량이고 당신의 행복은 철저하게 무지와 무감각에서 비롯된다는 믿음이 우리 사이의 비극을 막았습니다.

감히 말씀드리지만, 저의 수고가 제3차 세계대전으로 이어질 수 있던 갈등을 극적으로 해결하고 전 지구적 재앙을 불러올 사고를 가까스로 막아내지 못했더라면—물론 저뿐만 아니라 많은 동지가 투쟁에 참여하고 있습니다만, 안타깝게도 그들은 언제나 저의 명령과 모범을 수동적으로 따를 따름입니다—당신과 세계는 결코 지금의 상태를 유지할 수 없었을 것입니다. 칼리스토 행성에서 건너왔다고 주장하는 자들과의 치열한 전투는 어떻습니까? 당신의 잠든 육신 주변에서 서성거리고 있던 맹수들을 피리 한 자루로 쫓아낸 게 누구인지 아시나요? 지미 헨드릭스나 에곤 실레, 토마스 만을 죽음에서 잠시 살려내어 마스터피스를 완성하도록 격려하고 감시한 자도 바로 저입니다. 초록 요정 압생트가 유럽에 전파된 경로는 저와의 투쟁에서 패배한 이교도들의 도주 경로와 정확히 일치합니다. 새벽의 아바나를 향해 발진 준비를 끝낸 B29 폭격기에서 은밀하게 연료를 뽑아낸 자가 붙잡혔다는 소식도 당신은 듣지 못했을 것입니다. 그 사건 때문에 미국 사회 각계에 침투해 있는 공산주의자들을 색출하려는 작업이 대대적으로 벌어졌으나 고작 영화 제작자와 콜걸 서너 명만이 추방되었다는 뉴스를 듣고 한참 웃었습니다. 제가 마추픽추를 이틀 동안이나 공중에 쳐들고 있지 않았더라면 서사모아 부근의 해저에서 시작된 지진파에 그것은 완전히 파괴되고 말았을 겁니다. 나흘 동안 캘리포니아 해변을 샅샅이 뒤져 황제나비와 그 애벌레를 박멸한 덕분에 초대형 태풍이 타이완에 상륙하지 못했지요. 마다가스카르로 휴가를 떠났다가 그곳에 바오바브나무 천 그루를 심은 것도 저입니다. 기억하는 것만으로도 숨이 차는군요.

당신은 꿈의 내용을 다루는 게 아주 쉬운 일이라고 생각하겠지만, 조금만 더 깊이 생각해보면 결코 그렇지 않다는 사실을 인정하게 될 겁니다. 꿈은 논리와 윤리와 시공간과 인과율에 전혀 구애를 받지 않기 때문에, 심지어 꿈을 꾸고 있는 자의 기억과 의지를 간단히 뛰어넘고 타인의 그것에 섞여 순식간에 화학반응을 일으키기 때문에, 마치 연기나 구름을 대할 때처럼, 자신이 꾼 꿈을 상대에게 설명하기는커녕 기억하고 이해하는 데만도 막막함을 느끼지 않을 수 없습니다. 인식이라는 그물을 던지는 순간 꿈은 거의 모두 휘발해버립니다. 이토록 모호하고 불완전한 세계에서 매번 승리하는 일이 또 얼마나 어렵겠습니까? 자신이 지닌 모든 것, 과거나 현재뿐만 아니라 미래까지 내걸고 투쟁하지 않고서는 아무것도 이룰 수 없습니다. 밤은 아침과 낮보다 늘 짧고, 어둠은 결코 빛을 이길 수 없으며, 역사는 변증법적으로 진행되었다는 사실을 저와 적들은 너무나 잘 알고 있습니다. 게다가 적들은 저의 명성을 간과할 수 없지요. 그래서 그들은 초조해져서 가능한 한 빨리 승부를 결정짓기 위해 처음부터 맹렬하게 공격합니다. 반면 저는 예봉을 피해 서너 발짝 뒤로 물러서서 적들이 스스로 약점을 드러내길 기다립니다. 그렇다고 제가 여유롭게 흔들의자에 앉아 있는 건 아닙니다. 끊임없이 움직이고 생각하면서 제 힘과 의지를 벼리고 적들의 치명적 약점에 꼭 들어맞는 무기를 고안합니다. 승패는 찰나에 결정되기 때문에 단 한 순간도 긴장감을 풀어헤칠 순 없습니다. 제 무기가 적들의 약점에 정확히 꽂히는 순간부터 꿈의 세계 곳곳에 균열이 생겨나고 저는 날카로운 파열음을 피해 급히 철조망을 넘는 것입니다.

그러니 제가 녹초가 되어 침대에서 깨어나는 건 지극히 당연합니다. 리넨 이불 아래에서 사각사각 소리를 내며 꿈틀거리는 무기력감과 서글픔은, 꿈과 함께 흔적도 없이 사라져버린 동지들에게서 감염된 것입니다. 혈육을 잃은 것처럼 외로움과 그리움에 사무칩니다만 유감스럽게도 저는 그들의 이름과 사는 곳과 연락처를 알지 못합니다—꿈의 입구에 들어서는 순간 언제나 그들이 저를 찾아오지요, 제가 그들을 찾아가지 않고—. 혹시라도 꿈 밖에서 그들과 마주칠지도 모른다는 기대감 때문에 저는 10분에 한 번씩 하던 일을 멈추고 무의식적으로 고개를 두리번거리는 습관을 지니게 되었지요. 그 습관이 생활을 불편하게 만들고 있는 것은 사실이지만 애써 교정할 생각은 없습니다. 낯선 곳에서 자꾸 눈길이 마주치는 사람들이 혹시 제가 찾고 있는 자들인지도 모르겠습니다. 빛의 속도로 헤어지는 바람에 서로를 알아볼 수 있는 표지는 잃어버렸지만, 같은 기억에서 생겨난 상처들이 서로에게 남아 있어서 가깝게 접근할 때마다 반응하는 현상일 수도 있습니다. 그래서 저는 수상한 자들에게 접근하여 말을 걸어보기도 했습니다—그들은 꿈 밖에서도 여전히 수동적입니다—. 대부분은 당신처럼 멸시와 동정의 눈빛으로 저를 잠시 들여다본 뒤 혀를 차거나 등을 두드려주고 떠났지만, 몇 사람은 친절하게도 저의 이야기를 들어주었을 뿐만 아니라 먹을 것을 나눠 주고 주기적으로 저를 찾아왔지요. 그럴 때면 저는 더욱 신이 나서 그들이 등장하지 않았던 꿈의 이야기까지 들려주곤 했습니다. 그리고 영웅이 그들에게 앞으로 맡기게 될 신성한 임무도 알려주었죠. 흥분할 때마다 그들의 표정과 언어 속으로 미끄러지듯 흘러 다니던 전기뱀장어의 우아한 유영을 똑똑히 기억합니다.

하지만 그들의 친절에 불순한 의도가 숨어 있었다는 사실은 나중에 깨달았지요. 그들은 황당한 꿈 이야기를 두서없이 건네며 접근한 저에게서 행운의 냄새를 맡았습니다. 꿈과 현실을 구분하지 못하는 망상증 환자에게서 금전적 이익을 갈취해내는 건 그리 어려운 일이 아닐 테니까요. 그렇다고 제가 처음부터 그들의 의도에 일방적으로 끌려간 것은 아닙니다. 꿈속의 모든 투쟁을 승리로 이끈 영웅답게 저는 상대를 신뢰하기에 앞서 의심하고 시험했습니다. 하지만 그럴수록 저는 더욱더 깊은 혼란 속으로 빠져들었습니다. 현실을 억압하고 해석하려고 할수록 꿈은 정반대의 내용으로 전개된다는 사실을 몰랐기 때문입니다. 어느 순간부턴가 그들은 제 꿈으로 틈입해 들어와 자신들의 신분과 진정성을 스스로 증명해 보였습니다. 절체절명의 순간에서 도움을 받은 이상 그들을 의심할 순 없었습니다― 물론 그들은 제 꿈속에서 자신들이 한 언행에 대해 전혀 기억하지 못했습니다. 지금 생각해보니, 기억하지 못한 척한 게 맞는 것 같습니다―. 제게 현실은 그저 꿈을 담아두는 유리그릇에 불과합니다. 유리그릇이 깨어지는 순간 저는 완전히 사라집니다. 사라지는 것은 전혀 두렵지 않지만, 제가 사라진 뒤에 당신이 온전히 겪어야 할 고통이 몹시 걱정되어 차마 발이 떨어지지 않을 것 같습니다. 그래서 저는 현실의 그들이 원하는 대로 돈을 송금하였고 아내를 빌려주었으며 급기야 이웃의 목숨까지 빼앗았던 것입니다. 그때 저는 제 목숨조차 아깝지 않았을 만큼 맹목적이었습니다.

제 현실이 사막처럼 완전히 텅 빈 뒤에야 비로소 그들은 정체를 드러냈습니다. 그러고는 돌연 적들의 일원이 되어 꿈속에 나타나기 시작했습니다. 물론 저는 꿈속에서 그들을 단숨에 제압하고 그들이 지닌 것들을 모조리 빼앗되 고통이 멈추지 않도록 목숨만은 남겨주었습니다. 영원한 충성을 맹세한 자들에게 저의 관대함을 보여주었더니, 그들은 보편적 인간 속에 희석되어 있다가 제가 투쟁을 시작할 때마다 개별적 이름과 형상과 사고를 지닌 채 나타나 적들과 맞서고 있습니다. 이젠 그들의 도움 없이 중과부적의 상황을 견뎌낼 자신이 없다는 걸 고백하겠습니다. 저와 함께 철조망을 넘어서 현실로 돌아온 그들이 더 이상 타락하지 않도록, 저는 매일 밤 잠들기에 앞서 침실 문을 안에서 걸어 잠그고 기도를 올리고 있습니다―영웅도 기도를 한다는 사실을 굳이 알리고 싶진 않군요―. 하지만 그들에게서 버림받을지도 모른다는 불안감은 쉽게 누그러지지 않았어요. 그래서인지 꿈의 입구로 곧장 들어서지 못하고 서성거리는 시간이 점점 길어지고 있습니다. 간지럽지 않은데도 어둠의 이곳저곳을 손톱으로 긁어보기도 합니다. 전등을 켜고 둘러보았지만 아무것도 발견되지 않았습니다. 대신 침실의 공간이 점점 줄어들고 있다는 사실을 알아차렸습니다. 머지않아 이 침실―저는 이곳을 꿈의 자궁이라고 부릅니다―밖에서 노숙자처럼 제가 발견될지도 모릅니다. 제가 꿈속에서 오롯이 투쟁에 전념할 수 있도록 누군가 제 현실을 안전하게 지켜주면 좋겠다고 오래전부터 기도하고 있었습니다.

2. 잠의 적들

[시계] 아날로그시계에서 초침을 제거할 것. 그럴 수 없다면 초침의 지루한 걸음걸이에 리듬을 줄 것. 그것마저 불가능하다면 원형 대신 나선형의 궤적을 고안할 것. 디지털 세계의 시공간이 동일하게 분할되어 있다는 사실을 부정할 것. 3초 전진 후 2초 후진, 그러곤 다시 4초 전진 후 3초 후진.

[모기] 그것의 날갯짓 소리는 시계의 초침 소리와는 정반대다. 공포가 리듬을 탄다.

[양] 눈을 감고 양을 세어도 잠이 오지 않는 까닭은 양의 털빛이 너무 하얗기 때문이거니와 무리를 지어 다니는 그것들이 서로 미묘하게 다르기 때문이고, 끊임없이 자리를 바꾸기 때문이다. 흰 양들 뒤에 숨어 있는 검은 털빛의 양들이 당신의 잠을 뜯고 있다.

[베개/이불] 머리를 들어 올리고 몸을 눌러 목을 꺾는다. 곧 지층이 끊기고 지진이 일어난다.

[커피] 육체와 영혼을 뒤바꾼다. 마실수록 밖은 잠들고 안은 깨어난다. 생의 의무 조항이 늘어나면서 말랑말랑한 것들에서 물기가 사라지고 딱딱해진다. 따뜻한 우유는 백야로 이끈다.

[유리창] 간단한 음향만 더빙된 무성영화가 상영되는 스크린.

[직장 상사] 그는 언제쯤 칭찬하는 방법을 배울 것인가. 그러려면 그에게 내일이라는 개념이 얼마나 모호하고 불완전한 것

인지 철학적으로 증명해야 한다.

[책] 어떤 책은 모래나 파도로 씌어져 있어서 끝까지 단숨에 읽어 내려가지 않으면 결코 두 번 다시는 그 문장을 읽을 수 없다. 불면증 때문에 죽지 못한 시체들이 책 안에 떠다닌다.

[선풍기/전열기] 사각의 방을 사방으로 부풀리더니 나중엔 무중력상태를 만든다.

[전화기] 새벽 3시가 넘었는데도 취하지 않고 상류로 거스르는 말[言]이 너무 많다. 어느 유명한 천체학자는 날짜변경선이 달의 운행 주기에 맞춰 좌우로 이동한다는 사실을 밝혀냈다.

[옆집 신혼부부] 일주일 동안 그들의 성교 횟수는 일정하지 않다. 그리고 여전히 많다.

[첫사랑이 등장하는 꿈] 그/그녀는 늙지 않지만 자꾸 망각한다.

[술/담배] 이것이 잠을 방해하는 까닭은 하루 동안 이것을 충분히 섭취하지 못했다는 강박관념 때문이다. 몽마(夢魔)가 파티를 열 수 없도록 술병이나 담뱃갑을 잠들기 전 머리맡에 놓아두지 말 것.

[거울] 잠들기 전에 꼭 커버로 덮어두는 게 좋다. 낮 동안 그것 속에 포집되었던 이미지들이 밤이 되면 쏟아져 나오다가 가끔은 당신의 몸뚱이를 밟고 지나가기도 한다.

[냉장고] 독신자들은 늘 이것과 밤새 성교한다.

[메모지/볼펜] 꿈의 내용을 담을 문자나 필기구는 아직 발명되지 않았다. 어둠 속에선 팔을 찾을 수 없고, 전등을 켰을 땐

꿈이 지워진다.

[신문] 어떤 기사도 단 한 편으로 종결되는 경우는 없다. 홍미로운 일일 연속극은 매번 갈등의 최고조에서 갑자기 끝이 난다. 그러고는 내일까지 무기력하게 기다리도록 만든다. 새로운 사건들이 일어나기 때문에 놀라는 게 아니라, 진부한 사건들이 실제로, 그리고 반복해서 일어나기 때문에 놀랍다.

[쓰레기통] 부재와 존재의 증빙 자료.

[귀마개/안대] 눈, 코, 입, 귀는 모두 한길로 연결되어 있어서, 귀를 막거나 눈을 가리면 코나 입으로 번뇌가 스며드는데, 네 개의 통로로 나뉘어 흘러가야 할 것들이 두 개의 통로로 집중되다 보니 더욱 요란스럽다.

[콘센트] 두 개의 음란한 구멍 속엔 잉태되지 않은 욕망들이 지글거린다. 언제든 접속할 수 있다는 생각 때문에 자꾸 무인도로 밀려간다.

[벽] 세상의 모든 벽은 양면지로 되어 있어서 어느 쪽에서든 반대쪽의 삶을 읽어낼 수도 있다. 가령 옆집 남자가 벽에 못을 박고 그림 하나를 걸어두었다면 나는 언젠가 그 못에 찔려 시력을 잃을지도 모른다.

3. 다윈의 오두막

천막 안의 관객이라고 해봤자, 매일 다섯 명을 넘지 않았습죠. 아이들은 아예 없었고, 눈만 퀭한 늙다리들의 출입도 뜸했고, 무기력하거나 불퉁스러운 젊은이들만이 찾아와서, 마치 3분간의 격렬한 라운드를 마치고 자신의 코너로 돌아온 권투 선수처럼, 뒤로 기울어가는 상체를 의자 등받이에 받쳐놓은 채, 어서 무대 위의 광대들이 치명적 실수를 범하길, 가령 코끼리가 조련사의 머리통을 짓밟아 터뜨리거나, 허공으로 날아오른 곡예사가 반대편 그네를 붙잡지 못하고 추락하거나, 광대가 눈을 가린 채 연속으로 던진 칼들이 금발 여자의 급소에 차례대로 꽂히게 되길 기다리고 있었습죠. 관객들을 웃길 수 있는 것은 오로지 비극뿐이었습죠. 그것도 아주 낯선 방법을 통해서 연출되지 않는다면 아무 소용도 없었습죠. 나무 위에는 슬픔이 너무 부족해서 그들의 조상이 땅으로 내려와 육식을 시작했다는 말도 들었습죠. 그래서 그 서커스단은 하나같이 괴물들로 채워졌습죠. 잠깐 보는 것만으로도 그들의 신산했을 삶을 단숨에 짐작할 수 있을 정도로 그들의 몰골은 괴기스럽기 그지없습죠. 오히려 그들이 부리는 평범한 동물들이 인간에 더 가깝다고 생각되었습죠. 그래서 누구는 그 서커스단을 다윈의 오두막이라고 불렀습죠. 그곳에선 인간이 동물로 변하고 있는지, 아니면 동물이 인간이 되는 것인지, 어느 쪽이 진화이고 어느 쪽이 퇴화인지 굳이 명토 박을 필요는 없습죠. 확실한 건 아직 완성되지 않은 비극일수록 상품성이 높다는 사실입죠. 적어도 다윈의 오두막에서 인간과 동물을 구별할 수 있는 기준은 오직, 바닥에 떨어진 동전을 줍느냐, 아니면 음식을 줍느냐 뿐입죠. 그래서 멕시코 난쟁이는 인간에 가깝고 유대인 거인은 동물에 가깝습죠. 유대인 거인은 음식에 묻어 있는 흙을 터는 법이 절대 없습죠. 반면에 멕시코 난쟁이는 가짜 동전을 만들어 진짜 지폐와 바꿀 만큼 영악합죠. 알비노 여자로 말하자면, 동전이나 음식 어느 쪽도 바닥에서 직접 줍지는 않지만 둘 중 어느 것도 부족함 없이 지내고 있으니까, 인간과 동물 사이에 위치한다고 말할 수도 있습죠. 다윈의 오두막에선 어느 쪽도 우세하지 않습죠. 그곳을 벗어나면 하나같이 그저 쓸모없는 괴물일 따름입죠. 그래서 같이 공연하고 있는 순간만큼은 자신들이 괴물이라는 사실에 감사하고 있습죠. 왜냐하면 그들의 레퍼토리는 완전한 인간이나 완전한 동물만으로는 결코 완성할 수 없을 만큼 어렵고 흥미로운 것이기 때문입죠. 멕시코 난쟁이는 무대에 오르기에 앞서 기도를 합죠. 물론 인간과 동물을 구별하는 기준이 신은 아닙죠. 반면 유대인 거인은 밤마다 알비노 여자가 자신의 손바닥에 토해놓는 관객들의 금시계나 동전을 깨끗하게 먹어치웁죠. 삼킨 음식으로 인간과 동물을 구별하는 것 역시 부질없습죠.

　괴물도 제 부모와 마찬가지로 자궁 밖으로 나오기 전까지는 비극을 깨닫지 못합죠. 자신의 얼굴에서 양수를 닦아내다가 흑요석처럼 얼어버린 부모의 표정을 확인한 뒤에야 비로소 괴물의 운명은 시작됩죠. 하지만 결코 부모의 윤리와 신앙을 모독해서는 안 됩죠. 괴물은 신의 주사위 놀이로 태어나는 존재니까. 저주받은 자들에겐 거울에 담기지 않는 어둠만이 안전합죠. 그리고 걸음마와 말을 익힌 다음부턴 자신이 지옥에 영원히 유폐될 것이라는 사실을 수긍하게 됩죠. 그러니 자신을 찾아온 서커스 단장은 애굽의 박해에서 자신을 탈출시켜줄 모세와 다를 바 없었습죠. 비극을 연마해야 한다는 게 위험하고 고단하긴 했지만, 더 이상 가족을 괴롭히지 않고 스스로 음식과 잠자리를 마련할 수 있게 되었다는 사실에 감읍했습죠. 더욱이 서커스단에서 자신과 같은 처지의 동료들과 함께 지내게 되었으니 적어도 편견 때문에 고통받을 일은 없게 되었습죠. 오히려 편견을 조장할수록 더욱 기름진 음식과 편한 잠자리를 얻을 수 있다는 사실을 자연스레 배우게 됩죠. 물론 그렇다고 외로움이 해결된 것은 아니지만 말입죠. 아무튼 그들은 다윈의 오두막에서 만큼은 어둠의 죄수복을 벗어던지고 마음껏 일광욕을 할 수 있었습죠. 자살 이외의 뭔가 흥미로운 것들을 배웠습죠. 식물이라면 결코 알지 못할 세계에도 직접 참여해보았고 동물에게 진화의 교훈을 가르칠 수도 있었습죠. 단장은 월급까지 약속하였으니, 설령 산 채로 박제가 되어 서커스단의 천막에 내걸린다고 한들 전혀 괘념치 않을 작정이었습죠. 하긴 괴

물이야말로 서커스단을 위해서 태어난다는 주장에는 일리가
있습죠. 그래서 단장은 기괴한 생명체가 태어났다는 소문을 들
으면 세상 끝이라도 찾아가 데리고 왔습죠. 단원들은 첨예한
규율과 살인적인 공연 일정 속에서도 전혀 불평하지 않았습죠.
수도승처럼 나름대로의 확신을 지니고 있는 것 같았습죠. 적어
도 알비노 여자가 무대 위에서 십자칼을 삼키기 직전까지는 말
입죠. 수년이 흘렀는데도 그때의 공포를 똑똑하게 기억합죠.
역사책 한 페이지가 통째로 찢겨 나가고 새로운 페이지가 추가
되었습죠. 이전까지 서커스단의 공연이란 게 패션쇼 같았습죠.
그저 단원들이 동물들을 앞세우고 무대 위를 어슬렁거리는 것
만으로도 관객들을 압도할 수 있었습죠. 그런데 갑자기 알비노
여자가 무대 위에 떨어진 십자칼을 주워 단숨에 삼켰습죠. 칼
날에 비친 포도송이가 너무 먹음직스러웠기 때문이라고 나중
에 고백했지만 곧이곧대로 믿을 순 없었습죠. 관객들은 비명을
지르고 맹수들은 조련사를 바닥에 내팽개친 채 우리 밖으로 달
려 나갔습죠. 단장이 침착하게 대응하지 못했더라면 한 마을이
서커스단과 함께 사라질 수도 있었습죠. 서커스단 천막 주위에
음식을 뿌리고 새끼들을 끊임없이 울게 만들어서 도망친 맹수
들의 허기와 가족애를 자극했습죠. 관객들을 불러 모으는 데는
복권보다 더 나은 방법이 없었습죠. 사태가 진정되자 단장은
알비노 여자를 철제 우리에 가두고 신의 판결을 기다렸습죠.
하지만 단장 몰래 멕시코 난쟁이가 알비노 여자를 철제 우리에

서 꺼내어 의사에게 데리고 갔습죠. 그렇게 해서 알비노 여자의 특이한 능력을 발견하게 되었습죠. 서커스단으로 되돌아오자마자 그는 흥미로운 레퍼토리를 단장에게 제안했습죠. 철제 우리 속에 갇혀서 멕시코 난쟁이와 유대인 거인이 다윗과 골리앗처럼 사력을 다해 싸우는 동안, 알비노 여자는 철제 우리 밖에서 상체를 완전히 뒤로 젖히고 있다가 일정한 시간이 지나면 십자칼을 하나씩 삼키는 것입죠. 공연마다 보통 스무 개는 삼켰습죠. 결과는 대성공이었습죠. 카타르시스에 마비되어 관객들은 제 몸뚱이에서 무엇이 빠져나가고 있는지 깨닫지도 못했습죠. 소문이 이웃 도시로 옮겨갈수록 더 큰 천막이 필요해졌고 다른 단원들에게도 배역이 주어졌습죠. 하지만 위험이 전혀 없는 건 아니었습죠. 특히 그들 사이에 생겨난 버뮤다 삼각 지대 때문에 더욱 그러했습죠. 멕시코 난쟁이의 사랑을 알비노 여자는 모르고, 알비노 여자의 사랑을 유대인 거인이 모르니, 벌레처럼 작은 상처가 블랙홀로 자라나서 우주를 통째로 삼켜버린다는 게 바로 엔트로피 증가의 법칙이 맞습죠? 불행하게도 알비노 여자에겐 감정을 숨기는 능력이 없습죠. 희멀건 살갗은 상처의 무늬들을 가리지 못했습죠. 그래서 공연 내내 멕시코 난쟁이는 알비노 여자를 관찰해야 했습죠. 한번은 스무 개의 십자칼을 모두 삼켰는데도 멕시코 난쟁이와 유대인 거인의 싸움이 끝나지 않았습죠. 그래서 알비노 여자는 주위를 더듬어 급히 삼킬 수 있는 것을 찾아야 했는데, 하필 그녀의 손에 닿은 게 벵골 호랑이의 꼬리였습죠. 그걸 통째로 삼키려고 하는 걸 조련사가 뛰어들어 간신히 막았습죠. 그러는 사이 유대인 거인의 철퇴는 미리 정해둔 궤도에서 이탈하여 멕시코 난쟁이의 어깨에 박혔습죠. 피가 튀고 비명이 터지는데도 관객들은 크게 놀라지 않았습죠. 그러니까 사랑이나 죽음이 인간을 진화 또는 퇴보시켰다고 할 수 있습죠.

하지만 사랑과 죽음 사이에서 갈등하는 건 다윈의 오두막에 기거하는 괴물도 마찬가지입죠. 서로 반대 방향으로 달리는 두 대의 마차에 사지가 묶인 채 누가 더 고통을 잘 견뎌내는지에 따라 우열을 나눌 수 있다면, 인간보다는 괴물이 더 진화한 단계에 도달해 있다고 말할 수 있습죠. 진화가 꼭 예민하고 복잡한 상태로 변하는 것은 아닙죠. 오히려 분별심이 사라진 상태야말로 진화의 마지막 단계일 수도 있습죠. 머리와 꼬리가 잘린 비단구렁이의 몸뚱이 같은 시간 위에서 떨어지지 않기 위해 늘 인과의 사슬을 몸에 두르고 있어야 하는 한 인간이나 괴물에게는 아무것도 영원할 수가 없습죠. 그리하여 파국은 어느 날 밤 알비노 여자가 유대인 거인의 숙소로 숨어드는 걸 멕시코 난쟁이가 목격하면서 시작되었습죠. 관객이 떠난 무대 아래에서 괴물들이 밤새 할 수 있는 게 딱히 뭐가 있을깝쇼? 숨통을 틀어막고 있는 금시계나 동전을 토해내는 것 말고, 어둠을 나눠 주는 대가로 허기를 채우는 것 말고, 기도의 응답을 듣지 못한 쓸쓸함을 푸념하는 것 말고. 하지만 서로의 언어가 달라서 아무도 알아들을 수 없었습죠. 알비노 여자의 뇌는 분명히 멕시코 난쟁이에게 진 빚의 무게를 충분히 감지하고 있었지만 불행히도 사랑을 관장하는 기관이 뇌는 아닙죠. 차라리 뇌는 죽음을 관장합죠. 그러니까 죽음은 사랑보다 훨씬 논리적이란 말입죠. 죽음이 개입하기 전까진 알비노 여자에게서 유대인 거인을 몰아내고 멕시코 난쟁이를 대신 앉히는 건 불가능해 보였습죠. 알비노 여자는 멕시코 난쟁이에게 여러 번 감사하고 사과했습죠. 그리고 금시계와 동전을 건네기도 했습죠. 하지만 그런 행동은 멕시코 난쟁이를 더욱 괴롭혔을 따름입죠. 모든 생명체에겐 여러 편의 사랑을 동시에 유지할 수 있는 능력이 있다고 주장하는 생물학자가 있었다면 아마 멕시코 난쟁이에게 모진 고문을 당하고 주장을 철회했을 게 분명합죠. 하지만 멕시코 난쟁이는 아무런 행동도 하지 않았습죠. 그저 버뮤다 삼각 지대 같은 무대 위에서 셋이 함께 사랑과 죽음을 연기하는 데에 더욱 집중했습죠. 그러다 보면 언젠가 자신의 차례가 될 것이라고 확신했는지도 모릅죠. 시간은 인간보다 괴물에게 더 느리게 흘러갑죠. 느리게 걸어야 배경이 더 많이 보이고, 선의가 개입해야 비로소 이해가 가능해지는 법입죠. 그런데도 알비노 여자의 무관심은 점점 적대감으로 변해갔습죠. 죄책감은 끝까지 감내해야 할 사랑의 열매가 결코 아니었습죠. 그래서 한번은 멕시코 난쟁이를 향해 십자칼을 내뱉기까지 했습죠. 물론 실수로 판명되었습니다만, 무의식의 작동 원리를 제대로 아는 자는 아무도 없습죠. 도대체 누가 알비노 여자에게서 사랑과 죽음의 의미를 반대로 주입했을깝쇼? 음식을 삼킬수록 더욱더 명징한 허기의 공포를 느끼는 유대인 거인을 자연스레 의심하지 않을 수 없었습죠. 미각이 없는 식욕은 외로움이나 기쁨도 모르고 사물의 차이조차 구별하지 못했습죠. 괴물이 아닌 가족을 들먹이면서 알비노 여자를 위협했을지도 모릅죠. 더 이상 자신의 손바닥 위에 금시계와 동전을 토해내지 못하게 되면 알비노 여자를 통째로 삼키려고 했을 수도 있습죠. 그래서 멕시코 난쟁이는 유대인 거인에게 에리직톤[1]의 교훈을 알려주려고 했습죠.

단 한 명을 제외하고, 유대인이라면 결코 알 수 없는 게 있었습죠. 정확히 말하자면 교조적인 전통 때문에 인정하지 않는다고 말하는 게 맞습죠. 바로 우울증이란 병입죠. 그건 흑사병보다 조용하지만 훨씬 무섭습죠. 어떻게, 그리고 얼마나 많은 인간이 감염되었는지 짐작할 수 없습죠. 혹자는 노인을 만드는 병이라고도 말합죠. 하지만 병세가 심해지면 자살이나 전쟁밖에는 다른 치료법이 없습죠. 성선설이나 성악설로는 설명되지 않는 범죄도 이것의 발작 때문입죠. 양자물리학이 태동한 이

---

1 게걸병에 걸린 아버지 에리직톤Erysichton의 음식을 마련하기 위하여 딸 메스트라Mestra는 가축으로 변신하여 새로운 주인에게 팔려갔다가 매일 밤 아버지에게 되돌아왔다. 하지만 사기 행각이 발각되어 딸이 더 이상 돌아오지 못하자 에리직톤은 제 살을 뜯어 먹으며 연명하다가 마지막 살점마저 삼켰다.

후까지도 정체가 밝혀지지 않았던 것을, 오스트리아에서 살았던 유대인이자 무신론자인 정신과 의사가 확진하고 처방전까지 쓰게 되었습죠. 아이러니야말로 유대인의 전통이 분명합죠. 다행히 나치의 친위대보다도 구강암이 먼저 도착하여 그를 죽음으로 간신히 탈출시켜주었지만, 그가 어떻게 괴물 서커스단의 존재를 알아차리게 되었는지 끝내 밝혀지지는 않았습죠. 다만 쾰른의 카니발에서 처음 만난 처녀를 그 이후로 일곱 차례나 더 상담하였다는 그의 일기에서 누설의 경로를 추측할 따름입죠. 그 처녀의 꿈에 등장한 난쟁이와 거인과 호랑이의 실체를 추적하다가 그가 무의식이란 단어를 발명했다는 일화는 유명합죠. 어쩌면 그 처녀가 다윈의 오두막을 탈출한 알비노 여자이거나, 적어도 그녀의 이야기를 전해 들은 영매(靈媒)일 수도 있습죠. 그렇지 않고서야 늘 함께 몰려다니던 멕시코 난쟁이와 유대인 거인과 벵골 호랑이와 알비노 여자 중에서 오로지 알비노 여자만 그 처녀의 꿈에 등장하지 않았다는 게 너무 이상합죠. 그렇습죠. 당신이 예상했던 그대로입죠. 유대인 거인에게서 허기의 공포를 없애려는 멕시코 난쟁이의 노력은 끝내 실패하고 말았습죠. 오히려 알비노 여자의 거부감만 더욱 자극하여, 한번은 공연을 시작한 지 30분이 채 지나지 않아서 그녀는 스무 개의 십자칼을 다 삼켜버렸습죠. 그러고는 예고도 없이 무대를 내려왔습죠. 그녀의 행동은 당연히 배우들의 주의를 흩뜨려놓았고, 멕시코 난쟁이는 자신을 향해 날아오는 유대인 거인의 철퇴를 미처 감지하지 못했습죠. 그나마 머리 반쪽을 잃고 목숨을 건진 것을 감사해야 했습죠. 반백 년 동안 서커스단을 따라다니면서 이보다 더 끔찍한 사고들을 수없이 목도한 얼럭광대가 급히 무대 위에 올라와서 벵골 호랑이 꼬리를 붙잡고 우스꽝스러운 소동을 벌인 덕분에 관객들은 비극을 전혀 눈치채지 못했습죠. 하지만 그날 이후로 서커스단에서 알비노 여자와 유대인 거인, 그리고 십자칼 몇 개와 철퇴를 찾을 수 없었습죠. 알비노 여자가 가장 먼저 다윈의 오두막에서 사라졌습죠. 유대인 거인은 간이식당의 냉장고 안을 깨끗이 비운 다음에야 슬픈 표정으로 뒤따랐습죠. 사랑 때문이었는지는 여전히 알 수 없습죠. 알비노 여자의 치밀한 계략일 수도 있습죠. 아무튼 상실감은 멕시코 난쟁이에게만 국한되지 않았습죠. 하지만 괴물들은 타고난 습관 때문에라도 은신처에 오래 숨지 못하고 드러나기 마련입죠. 찾으려고 마음만 먹으면 쉽고도 빨리 도망자들을 잡아올 수 있었는데도 단장은 그렇게 하지 않았습죠. 대신 조금도 망설이지 않고 서커스단의 해체를 선언했습죠. 괴물들은 부모의 집으로 돌려보내졌고 동물들은 동물원에 헐값으로 팔렸습죠. 무대 시설이나 객석의 의자는 바비큐용 땔감으로 처분되었고 천막은 탄광 노동자들의 옷감으로 활용되었습죠. 다윈의 오두막은 무대의 망상으로도 완성할 수 없는 누각이 되었습죠. 모든 일이 순식간에, 동시에, 그리고 정확하게 진행되었기 때문에, 알비노 여자와 유대인 거인이 야반도주하기 훨씬 이전부터 단장이 이미 서커스단을 해체할 계획을 마련해 두었다고 의심하지 않을 수 없었습죠. 의혹은 훗날 유대인 정신과 의사의 책을 통해 해소되었습죠. 너무 모호한 서술 방식 때문에 눈 밝은 소수의 독자들만이 겨우 이해할 수 있었습죠. 그러니까 우울증에 시달리는 인간을 통제하기 위해서 단장은 서커스단을 만들었습죠. 그리고 그들의 자유로운 공연을 위해, 마치 하늘과 바다가 그러하듯이, 모든 꿈을 연결했습죠. 시공간이나 국경, 인종은 물론이고 역사와 윤리의 장벽은 서커스단의 왕래를 막지 못했습죠. 그저 꿈길을 따라 떠돌면서 병명도 모른 채 죽어가는 인간을 객석에 앉히고 자신이 처한 비극보다 더 끔찍한 비극을 보여줌으로써, 인간이 한정된 시공간에서만 머무는 한, 사랑과 죽음은 희망이나 공포에 결코 길들여질 수 없다는 사실을 설파했습죠. 하지만 인간은 하나같이 슬픔의 부피를 통해서만 실존을 확인하기 때문에 무대 위나 객석의 어느 누구도 위로받지 못했습죠. 파리스의 사과와도 같은 신의 침묵을 두고 논쟁을 벌이다가 인간은 자살하거나 전쟁을 일으켰습죠. 그래서 단장은 인간 대신 괴물로 서커스단을 채웠던 것입죠. 몇 세대에 걸쳐 소모할 수 있을 만큼 그들에게 슬픔의 분량은 충분했습죠.

4. 잠을 이해하는 용어 일부

[잠의 구조] 흰 배경의 검은 잠과 검은 배경의 흰 잠. 죽으면 뇌는 검어지고 심장은 하얘진다.

[렘REM수면] 잠을 자는 도중에도 마치 깨어 있을 때와 같은 뇌파가 흘러나오는 상태. 눈동자가 빠르게 움직이기 때문에 역설수면으로도 번역됨. 눈과 뇌가 완전히 잠든 상태는 논렘Non REM수면. 두 상태는 90분을 주기로 반복되고 95퍼센트 남짓의 꿈들은 역설 상태에서 빚어진다. 따라서 꿈에는 냄새와 소리와 맛과 통각이 없다. 눈이 멈춘 상태에서도 보이는 5퍼센트의 꿈은 프로이트 추종자가 머무는 영토로 남았다.

[안구운동법EMDR, Eye Movement Desensitization and Reprocessing] 외상 후 고통스러운 기억으로 시달리는 환자들에게 매일 10분씩 눈동자 운동을 시켰더니 뇌 속에서 긍정적인 연상 작용이 일어나 고통이 완화되었다는 임상 실험 결과가 최근 발표되었다.

[뇌사 판정 기준] 두 눈동자가 빛의 자극에도 전혀 움직이지 않을 것.

[식물인간의 정의] 꿈의 안팎을 구별할 수 없는 자.

[뇌사자와 식물인간의 차이] 뇌와 심장의 역할. 전자는 멜로디로 자라고 후자는 리듬으로 자란다. 또는 전자는 쓰러져 잠들고 후자는 서서 잔다.

[풍습] 발리 사람들은 임산부가 잠을 자는 동안 신이 몸 안으

로 들어와서 태아의 운명을 준비시키기 때문에 임산부를 깨워서는 안 된다고 믿는다.

[죽음] 꿈이 꿈으로 덮이는 사건. 꿈꾸던 자가 어느 날 깨어나 자신이 꿈에 갇혀 있다는 사실을 깨닫는 순간, 죽음이 완성된다.

5. 무기력하지만 자유로운 무명씨

그랬더니 마침내 몇 명의 진정한 동지가 저를 돕기 위해 찾아왔습니다. 안에서 걸어 잠근 침실 문을 어떻게 부수지 않고 조용히 열고 들어왔는지 이해할 수 없었습니다만, 그들은 잠든 저를 들쳐 업고 침실을 빠져나갔습니다. 그 뒤로 오랫동안 어둡고 습한 곳을 헤맸습니다. 그곳이 침실에서 멀리 떨어져 있었거나 그들이 도중에 길을 잃었기 때문에 그렇게 오랜 시간이 걸린 것 같진 않고, 누군가의 감시와 추적에서 벗어나기 위해 일부러 먼 길을 돌아 느리게 걸었던 것 같습니다. 마침내 목적지에 도착했을 때, 긴장감이 눈 녹듯 풀리면서 그들과 저는 일종의 무중력상태에 빠져들었습니다. 그러고는 앉은 자리에서 몇 시간 동안 잠을 잤습니다. 모처럼 꿈이 섞여 있지 않은 잠이었지요.

길고 복잡한 이야기를 시작하기에 앞서 저의 정체를 알아차

리고 제 침실로 찾아와준 자들에게 감사의 말부터 전하는 게
도리일 것 같습니다. 왜냐하면 그들 덕분에 제가 누구이고 어
떤 상황 속에서 지내고 있었는지 비로소 깨닫게 되었기 때문입
니다. 솔직히 저는 그들이 나타나기 직전까지 겪은 시행착오를
이해하는 데만도 여생이 부족하다고 생각했습니다. 제 현실 속
으로 타인들이 무람하게 드나드는 것도 불쾌했습니다. 그들과
는 그저 꿈속에서만 만나 부대끼는 것만으로 충분했지요. 그런
데 곰곰이 생각해보니 저의 이런 경계심은 침대 위에 잠든 저
를 당신이 지켜보고 있을 것이라는 생각에서 시작된 것 같았습
니다. 그러니까 제 삶에 대한 볼륨감은 감각기관을 통해 지각
되는 것이 아니라 관찰자들에 의해 주입되는 것이었지요. 잠에
서 깨어났을 때 머리맡에서 아무도 발견되지 않는 날이면 너무
행복했습니다. 그런 시공간에선 배가 전혀 고프지 않았고 춥
거나 덥지도 않았으며 화장실에 가고 싶지도 않았지요. 실내
가 너무 건조해서 몸을 뒤척일 때마다 사각사각 소리가 났고,
창문의 커튼을 모두 내려도 방 안은 조금도 어두워지지 않았으
며, 기름 냄새가 사방에서 스멀거렸지만 기꺼이 참아낼 수 있
었습니다. 꿈속에서 늘 승리하는 자가 꿈 밖에서는 늘 패배하
더라도 전혀 괘념치 않았습니다. 꿈은 오로지 저 혼자서 독점
할 수 있는 반면 현실은 많은 사람이 나누어 써야 했기 때문에,
현실에서의 패배를 다른 사람들의 탓으로 돌리면 그만이었으
니까요. 현실에서 한 인간의 승리가 다른 인간의 패배를 전제

하고 있는 한, 모두 절반쯤 승리하는 대신 반드시 절반쯤 패배한다고 대담하게 단언할 수도 있었습니다. 하지만 그 침입자들에게서 저에 대한 이야기를 들은 뒤부터는 더 이상 그럴 수 없게 되었습니다. 충격보다는 안도감이 먼저 찾아왔다고 고백하려면 아직 시간이 좀더 필요할 것 같군요.

아무튼 그들의 설명에 따르자면, 제가 꿈에서 깨어나는 곳은 침대가 아니라, 화학물질로 중성화 처리를 해서 백 년 동안 색깔이나 형태가 변하지 않는 미백의 종이랍니다. 기름 냄새는 인쇄용 잉크에서 흘러나왔죠. 그리고 철조망을 뛰어넘은 뒤 탈진한 제가 간신히 눈을 떴을 때는 아침이 아니라, 글자와 문장이 외부의 빛에 반사되어 의미를 감지할 수 있을 만큼 도도록해질 수 있는 곳에서 독자가—소설가와 편집자까지 망라하여—책의 갈피를 펼칠 때였던 것이죠. 독서를 하는 시간이 따로 정해져 있는 건 아니지만, 대부분의 독자들은 생업을 마치고 집으로 돌아와서 잠들기 직전에야 겨우 책을 펼칠 수 있기 때문에, 제가 아침이라고 생각한 시간이 사실은 자정에 가까운 밤일 가능성이 높다고 그들은 설명했습니다. 무기수처럼 제가 너무 오랫동안 책 속에 갇혀 지냈기 때문에 빛이 태양에서 오는지 백열전구에서 오는지 구별할 수 없게 된 것이지요.

그러니까 저는 침대 위에 누워 꿈을 꾸고 있는 게 아니라, 그렇다고 잠이 들기에 앞서 침대 위에서 책을 읽고 있는 것은 더더욱 아니고, 그저 책 속에 살고 있다는 겁니다. 독자가 책을 읽는 시간이 제겐 현실이고, 책을 덮는 시간부터 제가 꿈을 꾸는 것이지요. 그래서 저에겐 중력이나 윤리나 시공간의 제약이 없을 뿐만 아니라—플롯과 육하원칙과 문법의 제약이 아예 없는 건 아닙니다—저의 기억과 언행은 모든 시대 모든 장소에서 유효합니다. 세상에 존재했다가 오래전에 사라졌거나 여전히 사용되고 있거나 아직 발명되지 않은 언어들을 제가 완벽하게 이해할 수 있는 까닭도 이 때문이라고 그들은 설명했습니다. 제가 할 수 없는 일이라곤 스스로 촛불을 켜거나 물을 마시는 것뿐이지요. 독자들은 저와 정반대의 상황에 머물러 있기 때문에, 즉 헤아릴 수 없을 정도로 많은 제약에 얽매여 있어서, 잠시나마 그것들에서 벗어나기 위해 책 속으로 숨어든다는 설명은 그럴듯했습니다.

하지만 제가 너무 어린 나이에 부모와 형제에게서 버림받았고, 이름과 나이도 모른 채 유년기 내내 고아원과도 같은 여러 책들을 떠돌게 되었으며, 간신히 지금의 책에 정착하게 되었으나 정작 그 책을 쓴 작가는 저의 정체에 대해 전혀 알지 못한다고, 그러면서 모든 이야기에는 주인공뿐만 아니라 무명씨들도 등장해야 하니까 저의 개입을 묵인했을 것이라는 그들의 이야기까지 곧이곧대로 받아들일 수는 없었습니다. 만약 제가 책 속에 등장하는 무명씨라면, 아무리 작가가 저의 존재를 크게 생각하지 않는다고 하더라도, 자신이 미리 설정해놓은 플롯에서 벗어나는 행동까지 허락할 리가 없다고 저는 항변했지요. 게다가 그 납치범들이 책 안으로 들어올 수 있었다면 그들 역시 작가의 지시를 충실히 따라서 연기할 뿐 결코 거기서 벗어날 수 없는 노예에 불과하다고 악다구니를 썼지요. 하지만 그들은 동요하지 않았습니다. 모든 시대 모든 공간을 잠시나마 차지하고 있는 것들은 모두 조물주의 노예일 수밖에 없지만, 조물주의 의도를 알지 못하는 한 굳이 노예로 살 필요는 없다고 그들은 말했죠. 대부분의 작가들 역시 자신이 읽은 책들과 자신이 직접 쓴 책들을 명확하게 구분할 수 없기 때문에, 낯선 자들이 자신의 작품에 등장하더라도 그들이 자신의 머릿속에만 머물고 있다고 착각하여 크게 주의를 쏟지 않는다고 했어요—그래서 나중에 표절의 혐의를 받고서도 그들은 뻔뻔스럽게도 자신의 혐의 없음을 증명하려고 애쓴답니다—. 그리고 다른 무명씨를 저 대신 그 책에 투입하는 것으로 그들은 작가를 간단히 속일 수 있었다더군요. 저는 여전히 그들의 이야기를 믿을 수 없었습니다. 비록 여생의 대부분을 꿈꾸는 데 쓸 수 있기를 희망한다고 하더라도 저는 제 삶을 살고 싶을 뿐이지 누군가의 목적에 의해 다른 사람들의 삶을 흉내 내고 싶진 않았습니다. 그건 지금도 마찬가지이고요. 그래서 저는 가능한 한 빨리 그 상황에서 벗어나고 싶었습니다. 설령 저의 현실이 종이와 잉크 냄새와 백열전구 불빛으로 이루어졌다고 하더라도 그들과 함께 있는 시공간보다는 훨씬 나을 것 같았지요. 하지만 그들은 제 마음을 정확하게 꿰뚫어 보고 있었습니다. 그래서 저를 들춰 없고 작가와 등장인물과 사건과 언어와 시대와 목적이 전혀 다른 책들 속을 빠르게 달리면서, 제가 얼마나 무기력한 존재이고 그 덕분에 얼마나 자유로워질 수 있는 존재인지 이해시키려고 노력했지요. 그때 제가 느낀 충격과 안도를 당신에게 이 허약한 문자를 통해 고스란히 전달해드릴 수 없어 심히 유감입니다.

6. 잠에 이르는 독서

노인이 독서를 통해 잠에 이르는 과정은 이렇다.

샤워를 마치고 수건 하나로 아랫도리를 겨우 가린 그는 거실 바닥에 물을 흘리면서 아내를 찾는다. 하지만 집 안 어디에서도 아내의 인기척을 찾을 수 없다. 그제야 자신의 아내가 반년 전에 불치의 병에 걸려 세상을 떠났다는 사실과 아내의 죽음 앞에서 자신이 얼마나 무기력했고 그녀의 죽음 뒤에 얼마나 고통받았는지 고스란히 기억해냈다. 그는 쭈그리고 앉아 거실 바닥에 흘린 물을 닦는다. 수건이 힘없이 풀려 바닥에 떨어지고 아랫도리 한곳에 쓸쓸하게 매달린 자신의 볼품없는 이력이 드러난다. 그것으로 누군가를 사랑하려 했던가, 아니면 파괴하려 했던가. 몸을 움직일 때마다 그것은 힘없이 흔들리며 그가 죽어서 묻힐 곳을 가리킨다. 그는 한때 아내의 육신과 닿았던 잠옷을 입고 냉장고로 가서 맥주 한 캔을 꺼낸다. 운이 좋으면 어제 먹다 남긴 치즈를 발견할 수도 있다. 마땅한 안주가 없으면 찬장을 뒤져 쿠키나 견과류를 챙겨 들고 침실로 간다. 맥주가 없으면 유리잔에 위스키를 절반 정도 채운다. 아내가 살아 있는 동안에는 침대로 곧장 올라가지 않고 소파에 앉아서 리모컨으로 텔레비전의 항로와 속도와 고도를 마음대로 조종했다. 인조가죽이 덮여 있는 소파는 그가 몸을 뒤척일 때마다 음란한 소리를 냈기 때문에 아내는 소파에서 책을 읽다가 말고 침실로 옮겨 갔다. 남편의 의도적인 방해를 견디기 위해 침실 문을 닫거나 라디오를 틀었다. 아내는 사랑이 시간을 승리하는 이야기에만 열광했다. 지금 아내의 육신은 시간에 완전히 패배했다. 하지만 그녀가 어둠 속에서 가끔씩 들려주던 사랑 이야기는 여전히 그의 귓가에 맴돌고 있으므로 그녀의 영혼마저 완전히 패배했다고는 말할 수 없다. 그는 아내의 모든 것이 너무 그립다. 그래서 아내가 죽은 뒤부터는 아내가 했던 방식대로 저녁의 외로움을 견디고 있다―자신이 회사에서 퇴근하여 함께 지내던 시간에도 아내가 그런 방식을 고수했다는 사실이 너무 안타까울 따름이다―. 밤은 너무 고요하고 너무 길다. 아침은 축복처럼 느리고 희미하게 찾아온다. 아침에 이르려면 잠을 타고 밤을 건너야 한다. 잠을 자는 데 진정으로 도움이 되는 것은 텔레비전이나 수면제나 독주가 아니다. 책보다 더 유용한 거룻배이자 말동무는 아직까지 발명되지 않았다. 종이에 인쇄된 책이 전자신호로 번쩍이는 책보다 잠에 유리하다는 사실을 굳이 말할 필요는 없다. 현대인에게 불면증이 계속되는 한 종이 책은 독자의 침실에서 마지막까지 살아남을 것이다. 의사는 적어도 잠들기 한 시간 전부터는 텔레비전이나 스마트폰을 보지 말라고 권고했다. 술이나 담배 또한 도움이 되지 않는다고 했으나, 아내가 불치병에 걸린 이후에 술과 담배를 끊은 그는 아내가 죽은 뒤에 술을 다시 마시기 시작했다. 아내의 시신을 갉고 있는 벌레들에게서도 그렇게 고약한 냄새가 날 것이라는 생각 때문에 담배를 되찾진 않았다. 침대 옆 탁자 위에 맥주와 쿠키를 올려놓고 그는 비로드 커튼을 치고 독서등을 켠다. 젊어서는 형광등 아래의 선명한 세상에 환호했으나 나이가 들면서 백열등 불빛에 더 편안해진다. 가로등이 너무 어두워서 책 속의 모든 문장 사이를 제대로 걷지 못하더라도 괘념치 않는다. 사실 그는 침대 위에서 책을 읽다가 잠드는 게 아니라 잠들기 위해 책을 읽는다. 그러니 책의 제목이나 내용은 아무래도 상관없다. 탁자 위에는 대여섯 권의 책이 마치 옛 왕조의 성곽에서 떨어져 나온 벽돌들처럼 쌓여 있다. 아내가 죽기 직전에 완독했던 두 권의 연애소설과 그녀가 반쯤 읽다가 남긴 소설책 한 권, 그가 서재에서 찾아낸 책 두 권, 그리고 2주일 전에 소나기를 피하기 위해 지하철역 부근의 헌책방에 들렀다가 산 책 한 권이 그것이다. 그는 건성으로 책 한 권을 빼어 든 것처럼 보이지만 사실은 2주 동안 늘 같은 책을 선택하고 있다. 그것은 그가 젊어서 아프가니스탄 전쟁에 참여했던 경험과 밀접한 연관이 있다. 그는 침대 위에 곧바로 누워 책을 펼치지 않고 화장대 위에 놓여 있는 화분에 분무기로 물부터 준다. 그러고 나서 탁상시계에서 건전지를 빼낸다. 초침 돌아가는 소리가 싫으면 전자시계로 바꾸면 될 텐데도, 그는 아내와의 추억을 파괴하고 싶지 않아서 기꺼이 번거로운 방법을 고수한다. 디지털시계는 숫자와 숫자 사이에 존재하고 있는 시간을 전혀 감지하지 못하기 때문에 자신이 인생을 낭비할 수 있다는 불안감에서 그를 해방시키지 못한다. 더위와 추위에 민감한 아내를 위해 여름에는 선풍기를, 겨울에는 난로를 침대 가까이 끌고 오기도 했는데 이제는 더 이상 그럴 필요가 없다. 그 덕분에 독서를 시작하는 과정이 다소 짧고 간단해졌다. 베개 하나는 허리에 끼우고 다른 하나는 정강이 아래에 밀어 넣는다. 마치 순록이 끄는 썰매를 타고 툰드라의 동토 위를 달려갈 태세다. 아내가 떠난 뒤에도 여전히 두 개의 베개가 침대 위에 놓여 있다. 이 또한 아내의 부재 때문에 잠을 방해받고 싶지 않은 의도가 반영되었다. 그러고는 리모컨을 눌러 화장대 위에 놓여 있는 라디오를 켠다. 라디오에서 흘러나오는 음악으로 그는 계절이 오고 가는 것을 가늠할 수 있게 되었다. 혼자 사는 집 처마에는 제비가 둥지를 틀지 않기 때문에 일부러 문밖에다 신발을 모두 꺼내놓고 밤새 텔레비전과 라디오를 틀어놓는다는 어느 시인의 이야기를 읽은 뒤부터, 그는 라디오의 볼륨을 곧장 높이지 않고 낮게 유지하면서 집 안팎으로 흘러다닐지도 모를 소리에 집중한다. 자신과 책 속의 등장인물들 이외엔 집에 아무도 없다는 사실을 확인한 뒤에야 비로소 노인은 외롭지 않을 수준만큼 볼륨을 올리고 돋보기안경을 쓰고 발밑의 이불을 허리까지 끌어올린다. 그러곤 산책을 시작하려는 사람처럼 깊이 숨을 들이켠 다음 책 한 페이지를 읽기 시작한다. 하지만 오랫동안 전장에서 불침번을 섰던 탓에 문자로 이루어진 인물과 배경과 사건을 머릿속에 재현하는 능력이 퇴화한 데다가 노안까지 심해서 그는 고작 한 페이지를 넘기기도 전에 안개에 휩싸인 채 이불 안으로 쓸려 내려간다. 타이머가 맞춰진 독서등과 라디오가 저절로 꺼진다. 아침 6시에 독서등과 라디오가 저절로 다시 켜질 때까지 침실 안은 책을 읽을 수 없을 만큼 완벽하게 어둡고 조용하지만, 꿈이 드나들기에 그곳은 여전히 시끄럽고 밝다.

7. 끔찍한 범죄를 저지르기에 더없이 유리할 만큼 평범함

저는 그 노인을 여러 번 만난 적이 있지요. 제 옆집에서 혼자 살면서 이따금 저희 집에 들러 이런저런 잡일을 도와주고—왜냐하면 아내는 제게 집안일을 맡기는 걸 너무 싫어하거든요. 다른 남편이면 굳이 말하지 않아도 알아서 조용히, 그리고 완벽하게 처리할 일인데도 저는 늘 불평부터 하고 요란을 떨다

43

가 기어이 크고 작은 문제를 일으킨다고 못 미더워했지요. 하긴 행인들의 소매를 붙잡고 구걸하는 편이 집안일을 하는 일보다 더 쉽겠다고 생각한 적이 많긴 하죠. 그건 순전히 아내의 감시와 기대가 제겐 너무 부담스러웠기 때문이었지, 그녀를 사랑하지 않은 건 아니에요. 제가 부자였다면 차라리 집안일을 하지 않아도 되는 호텔에 살면서 아내를 기쁘게 해주었을 거예요—아내에게서 이런저런 음식을 받아 가고 했죠. 새벽에 울고 있는 그를 찾아가 손수건을 건네고 싶은 적도 있었지만 산탄총을 갈기도 싶은 충동에 사로잡히기도 했습니다. 남자는 나이가 들면 쓸모없어진다는 이야기가 사실인 것 같아 씁쓸해질 때마다 저 스스로 집안일을 처리했답니다. 아내는 그 사실을 끝까지 알지 못했죠. 오른손 몰래 왼손이 하는 일이 사랑이니까. 그러다가 노인이 저희 집에 발길을 끊었을 때—우연히 아내도 동시에 사라졌지요—저는 그가 어느 새벽에 기적적으로 생의 목적과 열정을 회복하고 울음을 멈춘 뒤 새로운 인생을 찾아 이 도시를 떠났다고 생각했지요. 집안일이 걱정되긴 했지만 아내가 사라진 이상, 굳이 집안일을 할 필요는 없었답니다. 상실감 대신 평온함이 예상치 못할 정도로 오래 지속되었지요. 나흘 동안 수돗물이 문밖으로 흘러나오는데도 아무런 조치를 하지 않는 걸 이상하게 여긴 이웃이 주인의 동의 없이 집 안으로 들어가면서 그 노인에 대한 소식이 알려졌지요—경찰은 나중에 시체 썩는 듯한 냄새가 끊임없이 새어 나온다는 이웃의 민원을 접수하고 저희 집에도 무단으로 침입했지요—. 나중에 들은 이야기에 따르면 그 노인은 더 이상 혼자서는 앞가림을 할 수 없을 만큼 건강이 나빠져서 수일째 산송장처럼 침대 위에서 굶고 있었대요. 욕창이 나타나면서 파리들이 들끓기 시작했다는군요. 수돗물로 배를 채우려다가 욕실에서 쓰러진 뒤 일어나지 못했대요. 수도꼭지를 돌릴 힘은 있어도 잠글 힘이 없었던 거예요. 아니면 수도꼭지를 여는 방향으로 수도꼭지를 잠그려 했다가 힘을 모조리 소진했을지도 몰라요. 10여 년 전에 태국으로 출국한 기록이 있는 아들은 아무리 수소문해도 연락이 닿지 않았어요. 그는 자신의 어머니가 돌아가셨다는 사실조차 모르고 있을 게 분명해요. 노인은 아마도 가족과의 추억이 남아 있는 집만큼은 아들이 나타날 때까지 지키고 싶었던 것 같아요. 아무튼 경찰은 아들의 동의 없이 노인을 양로원으로 보냈고 거기서 1년을 지내다가 노인이 유언도 없이 죽은 뒤에야 비로소 아들이란 작자가 나타났어요. 하지만 그가 한 일이라곤 대행 서비스를 통해 어머니가 묻힌 공동묘지에 꽃을 보낸 것과, 부동산에 들러 집을 처분하는 것뿐이었죠. 아버지에게 조화(弔花) 한 송이 보내지 않은 것을 두고, 그가 어려서 아버지에게 학대를 받았을 것이라는 소문이 잠시 돌긴 했답니다. 새로운 집주인에게 집을 넘기기에 앞서 그는 고독사 한 노인들의 세간을 전문적으로 처리해주는 업체에 연락을 했지요. 그 전에 집에서 가까운 헌책방의 주인을 불러 책들을 직접 처분했지요. 책을 옮기러 온 청년 두어 명이 침실의 탁자 위에 교황의 무덤처럼 쌓여 있던 책들을 훔쳤고, 그들의 허리춤 속에 숨어서 제가 여기까지 오게 되었지요. 납치범들은 한눈에 기억할 수 없을 만큼 평범한 외모와 복장이었는데, 끔찍한 범죄를 저지르기에 더없이 유리할 만큼 평범했다는 생각이 드는군요.

8. 책의 물질성

티그리스강 하구에서 점토를 채취하려면 수메르 왕실의 허가를 받아야 한다. 허가 없이 채취하려다 왕의 근위대들에게 살해당한 사람의 숫자가 1년에 수백 명을 넘는다. 하지만 점토판 위에 자신의 치적과 소망을 새겨 넣을 경우 후손이 영원히 번성하리라는 믿음 때문에 이웃 왕조나 귀족들은 무모한 시도를 멈추지 않았다. 파피루스와 파라오는 같은 어원에서 나왔다. 원래 파피루스는 책의 재료보다 식용 재료로 더 많이 소모되었다. 파라오가 자신의 가계도를 신의 그것과 연결시키면서 비로소 파피루스를 먹어치우는 일이 금지되었다. 신성문자가 파피루스의 양분이었다. 피레네산맥에서 두 달 자란 어린 양의 가죽을 벗겨서 한 장의 양피지를 만드는 데 네 달이 소요되었다. 한 권의 책을 완성하기 위해선 서른 마리 이상의 어린 양을 잡아야 하기 때문에 한 권의 양피지 책을 후손에게 물려주는 것은 영지 한 곳을 물려주는 것과 같았다. 종이는 낙타에 실려 고비사막을 건너서 왔다. 바람에 손상되는 걸 막기 위해 낙타 가죽으로 겉을 싸고 낙타의 앞가슴 쪽에다 단단히 묶었다. 밤사이 천막 안에 들어차는 이슬에 종이가 손상되는 것을 막기 위해 불침번을 세워 불씨를 지키게 했다.

푸른 잉크는 식물에서 나오고 붉은 잉크는 곤충에서 나온다. 검은 잉크는 광물에서 나온다. 먹이에 따라 피의 색깔이 변하는 동물이 있는데 노란색을 얻으려는 자는 채소를, 갈색을 얻으려는 자는 고기를 먹이로 준비해야 한다. 식물이나 곤충에서 나온 색깔은 시간이 지나면서 희미해지기 때문에 기록을 수정할 수 있으나, 광물에서 나온 색깔은 오히려 시간의 경과에 따라 더욱 선명해지기 때문에 기록을 수정할 수는 없고 다시 작성해야 한다. 그래서 외교 문서는 식물에서 나온 잉크로 작성되었고—이웃 나라와의 약속은 내외의 상황에 따라 언제든 바뀌거나 폐기될 수 있으므로—역사가들은 반드시 광물에서 얻은 잉크를 사용해야 했다—당대에 일어난 사건들은 당대의 사람들만이 정확히 인과관계를 알 수 있는데도 후손들은 자신들의 목적에 맞게 선조들의 기록을 왜곡하는 걸 서슴지 않았기 때문이다—.

제본용 아교는 생선의 뼛가루와 송진을 섞어서 만든다. 재료 선정이나 배합 비율이 정확하지 않을 경우 벌레가 들끓거나 균

47

열이 생겨나기 때문에 주의해야 한다. 갈릴리호수에서 잡은 뮤 슈트—등지느러미 모양이 빗처럼 생겨서 붙여진 아랍어 이름 으로 기독교인들은 베드로 물고기라고 부른다—의 뼈를 사용 하여 만든 아교가 천년 동안 접착력을 유지한다는 소문은 사실 이다. 송진은 카프카스의 숲에서 채취한 것이 제일 우수한데, 가짜가 시중에 워낙 많이 유통되고 있어서 자신이 직접 그곳에 서 채취한 게 아니라면 차라리 저작거리의 하품(下品)을 사서 돈을 아끼는 편이 낫다. 최고의 제본용 실은 아프가니스탄에서 양귀비를 먹여 기르는 누에에서 나오지만 값이 너무 비싸고 구 하기도 어렵기 때문에 근동에선 겨우살이 줄기를 말려서 사용 한다. 양의 힘줄을 사용하면 채 1년도 지나지 않아 책의 형상이 뒤틀린다.

진리의 길을 따라 오류 없이 책을 완성하려면 적절한 필기 구를 선택하는 일 또한 매우 중요하다. 점토판에 쐐기글자를 쓸 나뭇가지는 물푸레나무에서 얻는데, 정남쪽을 향해 곧게 뻗 은 가지를 사흘 동안 물에 불리고 응달에서 한 달 동안 말린 뒤 에 비틀어지지 않은 것을 골라 사용한다. 끝을 뾰족하게 잘라 서 파피루스 위에 글을 썼던 갈대는 어디서든 쉽게 구할 수 있 었다. 쉽게 마르고 닳고 부러졌기 때문에 뿌리를 잘라내지 않 은 갈대를 들고 다니다가 문서 작업에 앞서 반나절 정도 물에 담가둔 뒤 잘라서 사용해야 했다. 양피지에는 깃털 펜을 사용 한다. 끝이 굽거나 갈라진 것은 사용할 수 없고, 깃털이 대칭이

48

아니거나 상처가 난 것도 거부되었다. 깃털은 완벽하게 희고 털끝이 검은 것을 으뜸으로 삼는데 이것은 너무 희귀해서 시장에서 부르는 게 값이다. 이 때문에 가짜 펜을 비싼 가격에 사서 골탕을 먹은 필경사들이 많았다. 그런 가짜 펜으로 작성한 책들에서 유독 많은 오류가 발견되었다는 사실이, 사기꾼들이 인간의 영혼에 끼친 해악이다. 프란체스코 수도원에서는 오리나 거위를 직접 기르고 거기서 최상의 깃털을 찾아내었다. 깃털을 뽑다가 죽은 오리나 거위는 부활절 제물로 사용되었다.

종이나 양피지 여러 장을 묶어 책으로 깁는 바늘은 보헤미아 출신의 유대인이 만든 것을 으뜸으로 삼는다. 부러진 바늘을 가져다주면 옛것과 똑같은 새것을 만들어준다. 부러진 바늘의 파편이 눈에 박혀 실명한 출판업자들의 불운은 대부분 집시들과 연관이 있다.

무두질용 칼은 슈트라스부르크 출판조합에서 독점 공급했는데, 한 권의 책을 완성하려면 장인이 일곱 번 정도는 그걸 벼려주어야 한다. 너무 날카롭거나 너무 무디지 않아야 했기 때문에, 장인들은 그 칼날을 천사의 무도장이라고 불렀다.

9. 벽돌이 책보다 훨씬 유용하게 활용되는 시대

제가 도착한 곳은 도시의 외곽에 위치한 헌책방이었어요. 바닥에서 끊임없이 소음과 진동이 파도처럼 밀려오는 것으로 짐작해보건대 멀지 않은 곳에 기차역이나 지하철역이 있는 것 같았어요. 처음엔 오래된 도서관이라고 생각했지요. 제가 머물던 석 달 동안 그곳이 책을 사고팔아 이윤을 남기는 곳이라고는 믿을 수 없을 만큼 너무 한산하고 조용했거든요. 국가에서 운영비를 지원받는 게 아니라면 이틀에 고작 책 한두 권 팔아서는 가게 임대료나 점원 월급은커녕 공과금조차 감당할 수 없을 테니까요. 하긴 공간이 너무 좁고 어두운 데 반해 책은 너무 많고 무작위로 쌓여 있어서—마치 도리아식 기둥처럼—도서관이라고 간주하기에도 찜찜했죠. 한 사람이 기둥 사이를 걷는 동안 다른 사람들은 입구 밖에서 자신의 차례를 기다려야 하고, 한 권의 책을 찾는 데 시간이 너무 많이 소요될 뿐만 아니라 설령 그것을 찾았더라도 기둥을 무너뜨리지 않고 기둥 중간의 그것만을 뽑아내는 건 거의 불가능해 보였습니다. 오랫동안 사서의 손길이 거의 닿지 않았는지 종이는 누렇게 변하거나 구멍이 뚫려 있었고 활자들은 관절이 꺾이거나 살이 녹아내려서 덩어리처럼 굳어 있었습니다. 먼지가 닿을 때마다 책들은 비명을 질러댔지요. 더 이상 책의 역할을 할 수 없는 것들도 많았지요. 여러 명의 주인을 거치면서 제때 생채기를 치유하지 못했기 때문이었죠. 고아나 미아가 되었거나 불구가 되었거나 늙어서 언어가 혼미해진 것들이 그곳에 모여서 자신의 가치를 드러내기 위해 안간힘을 쓰고 있었던 것입니다. 노예 경매장에서처럼, 사창가에서처럼, 날품팔이 시장에서처럼. 아직 잉크 냄새가 남아 있는 것들은 하나같이 시시껄렁해서 책의 내용보다는 무게에 따라 판매 가격을 매기는 편이 더 유리했지요. 백열등에선 진물이 흘러나오고 있었어요. 어린 벌레라도 한 마리 어슬렁거릴 때면 책 속에 숨어 있던 늙은 포식자들이 일제히 달려들어 소란을 일으켰지요. 저녁에 식물들이 인간에게 적대적인 존재가 된다는 게 사실이라면, 책들도 저녁이면 산소를 마시고 이산화탄소를 내뿜지는 않을까요? 책 속의 인물들이 저녁마다 활기를 되찾는 까닭이 이 사실과 연관이 있을는지도 모르겠네요. 실내는 땀냄새와 오물 냄새로 진동했지요.

　헌책방에선 인큐베이터의 순결함이나 공동묘지의 송연함을 전혀 느낄 수 없었다는 사실을 다시 강조하고 싶습니다. 조산원이나 묘지기의 임무 따위엔 전혀 관심이 없는 점원 한 명이 신생아나 시체도 아닌 책들을—사실은 책들의 목록만을—관리하면서 그곳에 머물고 있긴 했는데, 저자의 이름에 따라 책들을 분류할 만큼 어리석었죠. 호저와 호랑이가 철조망 하나를 사이에 두고 동물원의 이웃이 될 수 없듯이, 성마른 칼 마르크스가 칼 융의 장광설을 매일 어떻게 참아낼 수 있겠어요? 아마도 그 점원은 책과 벽돌을 전혀 구분하지 못하는 게 분명했어요. 하긴 우린 벽돌이 책보다 훨씬 유용하게 활용되는 시대를 살고 있지요. 공간의 소유권을 두고 사람들은 더욱 첨예하게 대립하는 반면, 책은 갈수록 물질성을 잃고 있으니까요. 한

때 저는 책이 두 가지의 운명, 즉 시간을 거슬러 더욱 젊어지거나 시간과 함께 낡아가는 운명을 지닌 채 태어난다고 믿었지요. 어린아이로 태어난 것들은 자신이 지닌 미덕을 스스로 드러낼 수 있을 때까지 도서관에서 숨어 지내야 하고, 노인으로 태어난 것들은 자신의 지혜가 무모한 열정으로 어두워지기 전에 그것의 가치를 알리기 위해 서점으로 몰려가야 한다고 생각했습니다. 도서관과 서점 모두에서 책은 탄생과 죽음을 거듭하고 있지요. 그리고 탄생과 죽음에 대한 인간의 호기심과 공포 역시 전혀 변하지 않았지요.

하지만 제가 끌려간 곳은 시간이 전혀 흐르지 않아서 탄생이나 죽음이 존재하지 않는 연옥 같았습니다. 모든 책을 확인하진 못했지만, 제가 슬쩍 훑어본 책들 중에는 쪽 번호가 차례대로 매겨져 있지 않은 것이 있었을 뿐만 아니라 읽는 방향에 따라 내용이 전혀 달라지는 책들도 있었습니다. 앞표지에서 뒤표지를 향해, 뒤표지에서 앞표지를 향해, 페이지마다 왼쪽 위에서 오른쪽 아래를 향해 지그재그로, 페이지마다 오른쪽 아래에서 왼쪽 위를 향해 지그재그로, 페이지마다 왼쪽 위에서 수직으로 뛰어내린 뒤 다시 절벽을 오르고 내리거나, 페이지마다 오른쪽 아래에서 수직 절벽을 오른 뒤 뛰어내리고 다시 오르면서, 또는 페이지마다 서로 다른 방식으로 읽더라도 항상 같은 이야기를 들려주는 책이 있다면 당신은 믿으시겠어요? 어쩌면 책의 형식 때문이 아니라 책에 등장하는 인물들의 일관성 때문에 그런 독서가 가능할지도 모르겠습니다. 이야기의 배경은 부조리로 가득 차 있고, 그 속의 인물들은 하나같이 기괴한 자의식으로 비틀려 있어서, 그 책 안에선 현실을 무자비하게 파괴하거나 혼자서 비겁하게 탈출하는 결론만이 가능하죠. 저를 납치한 자들도 필경 그런 결론에 매혹당한 자들일 게 틀림없습니다.

그들의 첫인상에서 저는 그들이 잠식당한 비극을 전혀 짐작할 수 없었습니다. 그들은 경찰서의 게시판에 붙어 있는 지명 수배자들과 전혀 닮아 있지 않았죠—범죄는 발명되는 게 아니라 유전되는 것입니다—. 그들은 어느 누구의 권위 앞에서도 조아렸을 것이고 어떤 논리도 곧이곧대로 인정했을 겁니다. 왜냐하면 그들은 정체를 알 수 없는 자들의 권위와 논리 때문에 너무 많은 것을 빼앗기고 고통받았을 것이기 때문이죠. 심지어 자신의 삶조차도 인정하지 못하여 타인의 삶으로 보상을 받아야 했었죠. 그들의 모호한 인상에는 그들의 신산한 이력이 고스란히 반영되어 있었습니다. 개별적인 특징이 없었지만 모든 특징을 끊임없이 바꿔가면서 드러냈지요. 현실에서 제대로 살아본 적 없는 제가 밝은 곳에서 그들을 대면했을 때 느꼈을 두려움을 상상하실 수 있으십니까? 숨을 간신히 내쉴 때마다 헌책방을 지탱하고 있던 기둥들 모두가 위태롭게 흔들렸지요. 그곳의 분위기만큼이나 그들의 언행과 논리에 익숙해지는 데에도 시간이 오래 걸렸지요. 사람들 역시 처음 만날 때부터 호감이 가는 부류가 있는가 하면 시간이 지나야 편해지는 부류가 있지요. 그리고 사는 데엔 후자가 더 유용하지요. 감옥 같은 곳에 함께 갇혀서 시간에 박혀 있는 가시들을 하나씩 뽑다 보면 친구와 적이 자연스럽게 나뉘는 사건에 휘말리기도 하겠죠.

나중에 친구가 된 자의 설명에 의하면, 그곳은 한 독지가가 반평생 아프리카의 오지에서 모은 고서적들을 모국의 시정부에 기증하면서 만들어졌는데, 그 서적들 대부분이 아프리카의 주요 도서관에서 약탈되었다는 사실이 드러나자 시정부는 외교적 분쟁을 꺼려 시립 도서관으로서의 자격을 박탈하였지요. 독지가는 그 책들을 돌려주지 않은 채 자비로 그곳을 운영했지만 당위성에 비해 너무 가혹한 운영비에 고통받았지요. 오죽했으면 몇 푼의 대여료를 받고 그곳을 아이들의 생일 파티 장소로 빌려주기까지 했을까요? 부모들은 자신의 아이들이 평생 책과 가깝게 살기를 원하지요. 그런 기대가 때론 아이들의 운명을 불행하게 만들 수도 있다는 사실은 전혀 감지하지 못한 채 말이에요. 어떤 책들은 부모를 대체할 수 있을 뿐만 아니라 부정하게 만들기까지 하니까요. 독지가는 도서관을 혼자 힘으로 유지하기 위해 장서를 팔기 시작했지만 고객들을 불러들이지는 못했답니다. 실내가 밝으면 전기료라도 아낄 수 있을 것이라는 공무원의 충고에 따라 2년 전 지붕과 벽에 창문을 뚫었던 것이 치명타를 날렸지요. 마치 수천 년을 거뜬히 버텼던 고분이 갑작스럽게 생겨난 토끼 굴 하나에 와르르 무너져 내린 경우와 같을 겁니다. 책도 식물성을 여전히 지니고 있으니 빛을 동경하는 것은 당연하지요. 반면에 책 속에서 살고 있는 인물들은 빛을 피해 숨으려다가 여기저길 파괴한 게 틀림없어요. 실내의 균형을 지탱하고 있는 책의 기둥들이 빛을 향해 한쪽으로 몰리면서 그 아래를 걷는 게 너무 위험해졌을 뿐만 아니라 대부분의 책들은 텅 비어 있었기 때문에 뜸하게 찾아오던 고객들마저도 발길을 끊었지요. 결국 독지가는 파산했고 그의 빚을 떠안은 자들이 잠시 이런저런 목적으로 이곳을 사용하다가—당연히 신간 서적들과 커피를 한꺼번에 파는 서점으로 사용되기도 했습니다—결국 연옥과도 같은 지금의 헌책방으로 변신하고 말았답니다. 그곳의 점원은 원래 그 도서관의 사서였지요. 그래서 지금도 하루 종일 구인 광고지를 들여다보면서 사서가 필요한 도서관들을 찾고 있는 것이죠.

10. 책의 적들

[습기] 파피루스는 습기에 쉽게 변형되었지만 양피지는 멀쩡했다. 알렉산드리아 도서관보다 더 웅장한 것이 페르시아에 생기는 걸 방해하기 위해 이집트의 파라오가 파피루스의 수출을 금지시켰다는 것은 사실이 아니다. 근동의 사람들에겐 이미 오래전부터 어린 양의 가죽으로 책을 만드는 방법이 알려져 있었

다. 페르시아의 왕은 양피지의 해악을 전혀 알지 못했는데, 양쪽 면에 글을 쓸 수 없고 내용을 고치기도 어려운 파피루스와는 달리, 양피지는 양쪽 면에 쓴 내용을 언제든지 쉽게 고칠 수 있기 때문에 자신의 권위를 부정하는 내용이 역사책에 실려 후대에 전달되는데도 왕은 속수무책이었다.

[화기] 책이 불에 타는 것을 걱정하여 바빌로니아인들이 점토판에 쐐기문자를 새겨 넣은 다음 불로 구운 게 아니다. 책의 내용을 수정할 수 없도록 하기 위해 무거운 점토판을 선택했던 것이다. 중요한 정보나 지식은 소수가 독점해서는 안 되고 반드시 공유되어야 하며, 그 방법만이 책의 해악에서 인간을 지켜낼 수 있다는 신탁을 위정사는 들었다. 하지만 문자를 독해하고 이해할 수 있는 사람들이 많지 않았기 때문에 그 점토판의 내용을 읽어주는 공무원을 배치시켜야 했는데, 그들의 무능력과 부주의함은 책을 오독하게 만들었다.

[벌레] 책을 너무 많이 삼킨 나머지 조물주에 필적하는 악마가 된 벌레가 이집트 신화에 등장한다. 이유와 결론을 알 수 없이 이어지는 불운은 모두 그 벌레에게서 시작되었다. 위정자가 치명적인 실수를 저지르거나 천재지변이 일어날 때마다 그 벌레들이 무리 지어 나타나 알렉산드리아 도서관의 책들을 모두 갉아 먹었다고 한다. 짓눌러 죽이면 검은 액체가 몸에서 흘러나왔는데, 냄새가 고약했고 쉽게 지워지지도 않았다. 그 액체에서 새로운 새끼들이 태어났다. 불에 태우거나 물속에 던

져 넣으면 개체수가 오히려 늘어났다. 마치 메뚜기 떼처럼, 단한 마리의 벌레가 나타나기만 하면 도서관 하나가 완전히 없어지는 건 단지 시간문제였다. 책을 갉아 먹는 소리가 어찌나 크던지 도서관 인근의 주민들은 잠을 자거나 대화할 수도 없었고 가축들은 시름시름 앓다가 죽었다. 그래서 파라오는 궁리 끝에 사막 한가운데 도서관을 짓고 왕국의 모든 책을 양피지에 옮겨 적은 뒤에야 비로소 벌레들을 제압할 수 있었다. 하지만 큰 모래바람이 불 때마다 자리를 수시로 옮겼기 때문에 정작 파라오나 사서나 학자 들도 그곳을 이용할 수 없었고, 이교도 또한 정복할 수 없었다.

[독재자] 승리자의 편에서 기록된 역사책에서 패배자는 늘 어리석고 오만하고 잔인한 존재로 등장한다. 독재자들은 자신의 생각과 치적을 완벽하게 반영할 수 있는 책은 존재할 수 없다는 사실을 알고 있으며, 주석을 더할수록 목적과 내용은 오히려 모호해진다는 역설도 이해하고 있다. 그래서 책의 쓸모를 인정하지 않지만 자신을 지존의 자리까지 이끈 것이 부모나 친구나 애인이 아니라 몇 권의 건조한 책이었다는 사실을 은연중에 고백한다. 독재자들은 선천적 고독을 견디기 위해 독서에 심취했고 책 속에서 자신의 운명과 열정과 동지를 발견해냈다. 그래서 그들은 책을 없애기 위해 도서관을 세운다. 하지만 모든 책은 늘 두 권씩 제작된다는 사실을 그들은 미처 깨닫지 못하고 있다. 신은 책 때문에 인간이 타락하는 걸 막기 위해 한

권의 책과 정확히 반대되는 또 다른 책을 거울에 비춰서 만들어낸다.

[무지] 오랫동안 도서관에는 이교도와 여자, 아이와 노예, 전쟁 포로, 마법사는 출입할 수 없었다. 전쟁터에 너무 오래 나가 있던 군인은 책과 적을 구분하지 못하여 책을 파손할 위험이 높다는 이유로 출입이 제한되었다. 당국의 공식 허가증을 소지한 소경과 문맹자에 한해서 출입이 허락되었다. 상인은 진실하지 않다는 이유로 철저하게 배제되었다. 필경사는 몸수색을 당한 뒤에야 도서관에 들어갈 수 있었는데, 자신이 읽은 책의 내용을 기억해두었다가 집으로 돌아가 고스란히 책으로 옮겨 적지 못하도록 도서관을 나오기 앞서 망각의 책을 다섯 번씩 암송해야 했다. 책의 복원을 위해 초빙된 자들은 안대를 두른 채 도서관을 돌아다녀야 했다.

[전쟁] 진리가 문자에 고스란히 담겨 언제 어디서든 이식될 수 있다고 믿는 사람들은 자신들이 기억하는 지식의 양보다도 도서관의 크기가 더 크다고 믿는다. 따라서 도서관이 파괴되면 훗날 결코 복원할 수 없는 진리가 생겨날 수밖에 없다고 주장한다. 반면에 문자가 인간의 발명품인 이상 진리를 완벽하게 반영하고 전달하는 일은 불가능하고, 문자의 중의성과 모호함이 오히려 오해와 갈등을 일으키기 때문에 문자의 개입 없이 진리를 직접 깨달아야 한다고 믿는 사람들은 도서관 한두 곳이 밤사이 흔적도 없이 사라졌다고 한들 크게 놀라지 않는다. 진

리는 개인이 인식할 수 있는 것들만이 유효하기 때문에 인간과 도서관의 숫자가 항상 같다고 믿는 자들도 있다. 따라서 전쟁이 끝나고 희생자들의 무덤 위에 세워진 도서관에는 인간이 알고 있는 것보다 훨씬 적은 분량의 진리가 담길 수밖에 없다고 그들은 믿는다.

[종교] 모든 인간이 하나의 조상에서 진화한 이상, 인간이 창조한 신의 속성도 거의 동일하다. 신의 속성을 정의한 최초의 경전은 너무 두껍고 무거워서 여러 권으로 분리된 뒤 몇몇 부족에게 나뉘어졌을 따름이다. 따라서 자신의 경전을 지키기 위해 이교도의 경전을 없애려다 보면 결국 자신의 경전도 훼손할 수밖에 없다. 자신의 경전을 지켜낸 논리 때문에 이교도의 경전도 살아남는다. 복수와 용서는 신에겐 같은 의미이다. 반면 인간은 정치적 행동을 통해서만 종교적 믿음을 유지할 수 있다. 부모가 없어 위태로운 게 아니라 오히려 자식이 없어 인간은 불안하다.

11. 책을 솎아내고 기둥을 쌓는 작업

속옷만 입고 바닥을 이러저리 뒹군 지 네댓 시간은 족히 넘은 듯하다. 식욕도 없고 잠도 오지 않았다. 벗어두었던 옷을 다시 입는 것조차 귀찮아졌다. 나를 가사(假死) 상태로 빠뜨리고 있는 것은 어쨌든 책들이었다. 그것은 심지어 나에게서 자괴심을 채굴해내기까지 했다. 헌책방은 결코 책의 무덤이나 요양원이 아니다. 책의 목적이나 쓸모만을 생각한다면, 상투적인 비유이긴 하지만, 책이 보관되어 있는 곳은 하나같이 버스 터미널이나 기차역을 닮아 있다. 우리는 목적지에 도착한 게 아니라 목적지로 출발하려고 그곳에 온 것이다. 독서에 소요되는 물리적인 시간을 떠올린다면 그곳을 공항에 비유할 수는 없을 것 같다. 그곳의 책들은 이전 주인에게서 상처를 입거나 숨이 끊긴 채로 그곳에 도착한 것이 아니다. 다른 생명체와 마찬가지로 책 역시 스스로 생존할 수 있을 때까지 무위의 시간을 견뎌내지 않으면 안 된다. 그런 면에서 이 헌책방은 차라리 와이너리 같은 곳이다. 시간에 견고한 순서를 따지자면 서점보다는 도서관이, 도서관보다는 개인 서재가, 개인 서재보다는 헌책방이 우월하다. 다만 완행버스나 저속 기차를 타고 서점에서 헌책방까지 이르려면 어떤 책이든지 간에 어느 정도의 상처를 통과해야 하는데, 대개는 소유자의 신변 변화—죽음, 이사, 파산, 이혼, 파문 등—때문에 강제된 상황일 뿐 책 자체에는 원죄가 없다. 처음부터 원죄를 지닌 채 태어났다면 헌책방에 이르기 전에 이미 불태워졌거나 파쇄기 안에 던져졌을 것이다. 오히려 책을 둘러싸고 있는 이야기와 상처는 책의 가치를 더욱 높이기도 한다. 유명한 작가의 서명이나 낙서가 남아 있거나, 독재자의 분서 명령을 피하기 위해 표지를 갈았거나, 문맹의 도굴범들에 의해 옛 왕조의 무덤에서 급히 끌려 나오다가 훼손된 책이라면 그 가치는 측정할 수 없다. 물론 펄프의 가치밖에 남지 않은 것들도 매일 이곳에 도착한다. 하지만 몇 그램의 사금을 찾기 위해 강모래 전체를 뒤지듯 단 한 권의 위대한 책을 발견하기 위해선 기꺼이 수만 톤의 펄프를 뒤적거릴 수 있다. 만약 성소피아 성당의 도서관에서 사라진 뒤로 수백 년 동안 발견되지 않고 있는 소포클레스나 아리스토텔레스의 책을 찾아낸다면, 나의 가족뿐만 아니라 이 도시민의 절반 정도를 반세기 동안 너끈히 먹여 살릴 수 있을 것이다.

아내와 다투거나, 돈 때문에 곤궁에 처할 때마다 나는 그런 행운을 기대하며 주인 몰래 이곳에서 책들과 함께 밤을 새우고 있다. 하지만 대개는 정반대의 목적을 수행한다. 즉 사금을 찾는 게 아니라 결코 사금이 아닌 것들을 걸러내는 것이다. 사금을 골라내느라 퍼낸 모래를 건설업자에게 팔아도 일당 정도는 받을 수 있으니까. 사금이 아닌 것들을 골라낼수록 이곳에서 사금을 발견할 수 있는 확률은 그만큼 더 높아질 것이고 나중에 이곳을 인수하게 될 새로운 주인은 더 많은 돈을 지불해야 할 것이다. 이미 눈도 어둡고 원기도 떨어져서 더 이상 책을 읽을 수 없는데도 여전히 탐욕스럽고 의심이 많은 헌책방 주인이 나의 비밀 작업을 알아차리기라도 하면 절도 행위라고 매도하며 길길이 날뛰겠지만 흥분이 가라앉을 때쯤엔 나의 헌신에 감사하게 될 것이 분명하다. 어차피 나나 그는 이 헌책방에 여생

을 걸지 않을 것이라는 사실을 서로 잘 알고 있으니까. 심지어
극도로 예민한 책들조차 그 사실을 알고 있는지 내 손이 닿을
때마다 비명을 지르고 사지를 파르르 떨다가 스스로 바닥으로
뛰어내리기도 한다. 처음엔 그런 기괴한 상황이 나의 죄책감
때문에 일어나는 환각이라고 간주하고 비밀 작업을 즉시 멈췄
을 뿐만 아니라 매주 일요일 성당에 나가 회개했다. 새로운 직
업을 탐색해보기도 했다. 하지만 나를 둘러싼 세상은 조금도
나아지지 않았으므로 나는 매번 제자리로 돌아와 비밀 작업에
몰두하지 않을 수 없었다. 그리고 나중엔 내가 하고 있는 일에
대해 자부심을 가질 수 있을 만큼의 논리를 발명하기에 이르렀
다. 그것은 정원사의 이야기에서 차용되었다. 즉, 가꾸지 않은
숲의 나무들은 쓸모가 없다. 왜냐하면 숲속의 나무들은 한정
된 햇빛과 물과 벌레들을 차지하기 위해 서로 증오하고 투쟁하
기 때문이다. 호혜적 관계 속에서 그들이 평화롭게 공존하리
라는 인간의 기대는 보기 좋게 빗나갔다. 인간과 숲이 공존하
기 위해선 나무들이 제 특성에 맞게 자라날 수 있도록 인간이
적당한 환경을 인위적으로 마련해주고 관리해주어야 한다. 큰
나무를 키우기 위해선 주변의 작은 나무들을 솎아내는 데 주저
해서는 안 된다. 큰 나무들이 숲의 가치를 결정한다. 그래서 나
는 지금 유적지 같은 이곳에서 가치가 모호한 유물들을 분류하
고 다시 기둥을 쌓는 작업을 반복하고 있는 것이다. 목재에 가
까워진 것들은 무게를 달아 고물 수집상에게 넘긴다. 하지만

고물 수집상들 중에는 문맹이 아닌 자들도 있기 때문에 그들의 현학을 자극하여 가격을 올려 받을 수 있는 책들은 별도로 묶는다. 책들이 견뎌낸 시간을 과장하기 위해 어떤 책들은 전자레인지에 넣어 건조시키기도 하고 흙과 가까운 색깔로 엷게 칠하기도 한다. 오랜 시간을 견뎌낸 책들은 인테리어 장식으로서의 가치를 새롭게 부여받기도 한다.

책 묶음 두 개가 완성되자 나는 옷을 주섬주섬 입기 시작했다. 그것을 팔아 챙긴 돈으로 와인 한 병과 티본스테이크를 사들고 귀가하여 아내에게 조촐한 생일 파티를 열어줄 것이다. 책의 장점이 가끔은 육신에도 작용된다는 사실을 아내도 이해하면 좋으련만. 하지만 그걸 들고 헌책방 밖으로 나가기엔 너무 이른 시간이라는 생각이 들었다. 피로에 눅진해진 인간들은 여전히 출구를 찾지 못한 채 지하를 맴돌고 있고, 아직 불이 꺼지지 않은 식당과 술집은 마지막 손님을 찾고 있다. 거리에 오랫동안 서 있던 그림자 하나가 도막 난 시체를 양손에 들고 땀을 흘리면서 걸어가는 나를 알아보고 불러 세울까 봐 두렵다. 그래서 나는 마치 발사 신호를 기다리는 우주선의 선장처럼 책 묶음 위에 걸터앉아 시간이 허공 위에 만들어내는 홀로그램을 조용하게 올려다본다. 잠시 책이 되는 상상을 한다. 어떤 책에는 수백 가지의 진기한 음식들에 대한 정보가 사진과 함께 담겨 있다. 그걸 모두 맛보기 위해 세상을 떠도는 건 어리석은 짓이다. 개별에 도달하기 전에 식욕은 이미 해결되어 있을 테니까. 식도락으로 혀는 열광하는데 배는 전혀 부르지 않다. 또 다른 책에는 우주의 시작부터 현재까지의 역사가 담겨져 있다. 어디에도 나의 위치가 드러나지 않아서 안심한다. 우주는 너무 광대해서 내가 출발한 곳이나 도달할 곳은 거의 같다. 심해의 물고기들을 기록한 책도 있다. 수백 개의 팔과 수백 개의 눈을 지니고 있는 생명체가 있다면 수백 권의 책을 한꺼번에 읽을 수도 있겠지만, 다 읽고 나면 아무것도 읽지 않은 상태와 같아질 것이 틀림없다.

그러다가 나는 어떤 기둥 사이에서 도색잡지를 발견했다. 그 안에 담긴 나신들은 마치 알타미라동굴 벽화에 그려진 동물들처럼 하나같이 원초적 생명력으로 충만해 있어서 벌레는커녕 시간조차 감히 범접하지 못했다. 기둥 하나를 무너뜨려 그것을 꺼내고 다시 기둥을 쌓아 올리느라 자정이 지나는지도 몰랐다. 몸은 땀에 절어 더욱 단단해졌지만 그걸 굴릴 힘이 남아 있지 않았다. 나는 바닥에 누워서 간신히 바지를 벗고 수음을 시도해보았지만 그곳을 가득 채운 퀴퀴한 냄새와 칙칙한 빛깔을 뚫고 몸속의 욕망을 꽃으로 틔워내는 데 실패한다. 불쾌함에서 빠져나오려고 몸을 뒤척이다가 기둥 몇 개를 무너뜨리고 말았는데 책의 무덤 안에서 발사 신호를 들었다. 이번에도 실패였다.

12. 행간은 작가와 독자가 역전되는 곳

그곳으로 끌려온 뒤로도 한참 동안 저는 납치범들을 만나지 못했어요. 어쩌면 그곳에 도착한 첫날부터 그들을 기다렸는지 모르겠습니다. 그들에게서 설명을 듣고 싶었던 것인지 아니면 고문을 받고 싶었던 것인지는 분명하게 기억할 순 없습니다. 저뿐만 아니라 몇 명의 인질이 더 있다는 사실을 미리 알았더라면 좀더 버티기 쉬웠을 겁니다. 인질의 일부는 자살했고 나머지는 모두 동화되어서 누가 납치범이었고 누가 인질이었는지 구분할 수 없게 되었죠. 그걸 스톡홀름 신드롬이라고 하던가요? 하지만 저는 고독과 불안감 때문에 도저히 잠을 청할 수 없었죠. 납치범들을 만나 제 운명에 대한 그들의 계획을 듣기 전까진 그 상황이 나아질 것 같지 않았습니다. 며칠째 뜬눈으로 밤을 지새우다 보니 꿈의 안쪽에서 환청이 들려오기 시작하더군요. 어떨 땐 꿈의 시민들이 몸을 반만 드러낸 채 나타나기도 했어요. 나중엔 적들의 칼과 창이 제 심장과 뇌를 더 깊숙이 찌를 수 있도록 짐짓 잠이 든 척하기도 했답니다. 고독과 불안감도 오래 지속되면 권태로 변하더군요. 저를 둘러싸고 있던 세계가 저절로 무너져 내리더니 마침내 세면대에서 물이 빠지듯 저는 다시 꿈의 입구 속으로 소용돌이치며 천천히 빠져들게 되었죠.

거기서 저는 비로소 납치범들을 만나게 되었지요. 그러니까

과민한 그들은 자신의 범죄가 들통나는 게 두려워 오랫동안 꿈의 세계에 숨어 지냈기 때문에 제 눈에 띄지 않았던 것이죠. 대개는 꿈속에 등장한 인물들의 얼굴이나 배경은 전혀 기억하지 못하고 이야기의 골격만 겨우 되살려냈는데, 어떤 꿈들은 배경과 이야기를 남기지 않고 등장인물들의 얼굴만을 똑똑히 찍어놓았지요. 그런 꿈자리에서 빠져나오는 데엔 시간이 아주 많이 걸렸습니다. 허기나 요기마저 느꼈다는 고백은 사실이 아닐 수도 있습니다. 영웅의 얼굴 위에 그림자를 드리우는 그들에게서 열패감을 느꼈다고 말하는 편이 진실에 훨씬 가까울 겁니다. 제 자신만의 의지에 따라 끊임없이 투쟁하고 있다는 확신은 없고, 제 꿈속으로 틈입한 누군가에 의해 조종당했다는 의혹만이 견고했죠. 저의 언행은 그들에 의해 조작되고, 저의 승리는 그들의 전리품에 불과한 것 같았습니다.

그런 날이면 저는 더욱 현실에 몰입하려고 안간힘을 썼지요. 해방은 망각에서 시작되고 망각의 유일한 방법은 몰입입니다. 하나의 새로운 데이터에는 개인의 삶을 구성하는 모든 조건과 결과가 빠짐없이 반영되어 있기 때문에 삶을 통째로 파괴하지 않고서 그 데이터만을 지우는 것은 불가능합니다. 인간은 아무것도 망각할 수 없습니다. 하나의 기억을 다른 기억으로 뒤덮을 수는 있겠지만 끝까지 그것의 순서가 유지된다고 확신할 순 없습니다. 아무튼 저는 꿈에서 멀어지기 위해 현실의 더 많은 곳을 기웃거렸고 더 많은 사건을 처리했으며 더 많은 사람을 만났습니다. 더 깊고 더 넓게 사유하려고 가능한 한 말을 아꼈지요.

물론 이 모든 저항이 작가의 원래 의도를 충실히 따른 것에 지나지 않는다고 당신은 반박할 수 있겠지만, 운명론자가 아닌 저로서는 작가가 등장인물들과 배경과 플롯과 주제를 미리 설정해놓았을지언정 등장인물들이 플롯 바깥에 머물면서 행동하고 사유하는 방식까지 확정해두었다고는 생각할 수 없습니다. 설령 결과가 작가의 의도와 정확히 일치한다고 하더라도 작가가 미처 문자로 한정 짓지 못한 시공간에서 펼쳐지는 이야기들마저 작가의 성과물로 간주하는 건 너무 부당합니다. 행간을 읽어야 한다는 표현은 작가와 독자의 세계를 규정하는 데 아주 유용합니다. 왜냐하면 작가와 독자가 만나는 곳이 그곳이기 때문이죠. 아니, 그곳에선 작가와 독자의 자리가 역전되죠. 거기선 독자가 묻고 작가가 대답해야 합니다. 책에 대해 우리가 잘못 이해하고 있는 사실 중 하나는, 작가가 책을 완성해서 독자에게 제공한다는 것입니다. 한 권의 책을 완성하는 건 작가와 그에게서 태어난 등장인물들뿐만 아니라, 그들 주위로 몰려든 독자들과 그들이 동원하고 있는 시대입니다. 생각해보세요. 아이를 낳은 건 부모지만, 아이를 키운 건 부모만이 결코 아닙니다. 그러니 부모는 성장한 아이를 완전히 이해할 순 없지요. 완전히 이해했다고 생각하는 순간, 비로소 운명은 치명적인 사건들에 의해 오염되기 시작합니다. 작가와 등장인물을 이해하는 건 바람직한 독서 방법이 결코 아닙니다. 독자와 그들의 시대를 읽어야 궁극에 이를 수 있죠. 그러니 행간을 읽지 않는 독서는 시간 낭비에 불과할 수밖에.

그래서 저는 저를 조정하고 있는 자들의 존재를 부정하려고 더욱 처절하게 저항했습니다. 하지만 그럴수록 압제자들의 모습은 더욱 분명해질 뿐만 아니라, 더욱 자주 꿈 밖에서 발견되는 게 아니겠습니까. 이젠 이런 역설이 전혀 놀랍지도 않습니다. 꿈의 세계는 늘 짙은 안개로 뒤덮여 있기 때문에 그곳에 등장하는 사람들은 모두가 닮아 있지요. 그리고 제가 책 속에서 만나는 사람들 역시 그와 별반 다르지 않은데, 개인의 운명이 그리 다양하지 않다는 사실을 대부분의 작가들이 인지하지 못한 탓이겠죠. 그래서 그들은 시간에 제압되지 않는 인물들을 책 속에 자주 등장시킨답니다. 특히 요즈음 작가들은 등장인물들의 외모나 행색을 자세하게 묘사하는 걸 부끄럽게, 또는 어렵게 여기는 것 같아요. 천편일률적인 유행과 반증 불가능한 사조로 뒤덮여 있는 거대한 유기체 덩어리에서 얼마만큼을 떼어내어야 인간이라고 부를 수 있는지 자신이 없기 때문이겠죠.

저도 마찬가지랍니다. 저와 코가 맞닿을 정도로 가깝게 다가온 자들의 정체조차 정확히 알아보지 못할 때가 많지요. 그래서 모자를 눌러쓰고 마스크로 얼굴을 가린 채 어색한 순간을 피해보려고도 했습니다만, 인과율에서 벗어나지 않으려는 작가들에게 번번이 붙들려 제자리로 돌아와서는 플롯을 전진시키는 데 강제로 동원되었죠. 하지만 영웅의 미덕을 갖춘 저에겐 작가의 노예로 살아갈 생각이 추호도 없었습니다. 그러니 작가의 폭력에 저항할 의지가 전혀 없는 노예들을 라이베리아까지 무사히 이끌고 가야 할 임무는 제가 오롯이 짊어져야 했습니다. 다행히 제가 태어난 책의 작가는 저에게 중요한 역할을 맡기지 않았기 때문에 이웃과 독자 들의 감시에서 자유로웠어요. 플롯을 건드리지 않는 한 저의 모든 언행이 묵인되었던 것입니다.

그래서 수일 동안 벼르다가 마침내 제 꿈의 안팎에서 서성거리고 있던 자들의 소매를 붙잡고 알은체를 했습니다. 그들은 자신의 정체를 애써 부정하지 않았습니다. 오히려 제가 매일 꿈속에서 무슨 일을 하다가 돌아오는지 상기시키면서 자신의 정체를 스스로 확인해주었지요. 그들 중 저를 응원한 자들은 제가 꿈속에서 제압한 적들에겐 현실 세계마저 파괴할 위력을 지녔기 때문에 자비를 베풀어선 안 된다고 부추겼지요. 반면 저를 비난한 자들은 현실을 혁명하기 위해선 꿈속의 적들이 꿈 밖으로 나올 수 있도록 도와야 한다고 주장합니다. 유전적 형질이 같은 쌍둥이도 서로 다른 의견을 가질 수 있는 법이고 각각 존중받아야 한다는 데엔 전혀 이견이 없어요. 하지만 그들이 어떻게 제 꿈의 내용을 알 수 있는지 너무 궁금했어요.

그러다가 문득, 꿈의 재료는 결국 현실에서 구해지는 것이므로 같은 현실을 동시에 살고 있다면 같은 꿈을 꿀 수 있을 뿐만 아니라 그것들을 공유할 수 있을지도 모른다는 생각에 이르렀지요. 그러니까 그들은 제 꿈을 엿본 게 아니라 저와 같은 꿈을 꾸었던 것입니다. 중력과 인과율과 윤리가 적용되지 않는 꿈을 이해하는 것은 어렵지만, 인간이 경험할 수 있는 세계에는 분명한 경계가 있는 데다가 그걸 인식하는 인간의 능력 또한 똑같기 때문에, 한 편의 꿈은 또 다른 꿈과 연관될 수밖에 없지요. 그렇다면 더 이상 그들의 존재나 이야기를 의심해선 안 되었습니다. 꿈속에서보다 꿈 밖에서 더 많은 시간을 보내야 하는 저로서는 그들과 우호적인 관계를 유지해야 할 당위가 있었지요. 나중에 그들은 저의 고백을 듣고 나서 이렇게 말했답니다. 어떤 책이든 마지막 페이지가 있기 마련이라고. 그러니 제아무리 발버둥을 치더라도 책 안에 등장하는 사람들은 누구든 반드시 만날 수밖에 없다고. 그러면서 그들은 흥미로운 이야기를 들려주었어요. 독서가 끝나고 책으로 들어가는 모든 통로가 닫혔을 때, 또는 실내가 갑자기 어두워져서 독서를 이어갈 수 없을 때, 그래서 독자들이 모두 떠났을 때, 책 속의 등장인물들은 사막과도 같은 종잇장에서 식량과 물과 불씨를 구하지 못하여 오아시스와도 같은 표지 안으로 모여든다는 거예요. 하지만 그곳은 너무 비좁기 때문에 이웃에게서 자신의 사생활을 보호받기 위해선 결국 성향이 비슷한 자들끼리 무리를 이루거나 몸을 포갤 수밖에 없다는군요. 우리도 언젠가는 그렇게 될 것이라며 회유했어요. 하지만 저는 그들의 논리에 수긍하지 않았지요. 오히려 한 권의 책의 마지막 페이지는 다른 책의 첫 페이지와 맞물려 있어서, 마치 제 꼬리를 물고 있는 뱀처럼, 결코 완벽하게 끝날 수 없다고 확신했죠. 모름지기 훌륭한 책이라면 당연히 그런 관계를 맺고 있어야 한다는 뜻이에요. 그러니 한 권의 책 속에 등장하는 모든 인물이 항상 만나는 법은 아니라고, 저는 반박했죠. 물론 도서관이나 헌책방처럼 책들이 벽이나 기둥을 만들고 있는 곳에선 가끔 마주칠 수는 있겠지만 그렇다고 서로의 정체를 항상 알아차릴 수 있는 것도 아닐 테니까요.

13. 카니발에서 칼을 삼키는 알비노[2]

하루에도 수천 킬로미터씩 옮겨 다니면서 사람들이 전혀 예상하지 못한 곳, 가령 그랜드캐니언의 절벽이나 사하라사막 한복판, 빅토리아폭포나 빠까야화산, 서사모아의 무인도 등에서 홍보 포스터도 없이 열리는 서커스단의 공연을 용케 두 번 이상 찾아온 관객들 중에는 훗날 당신의 세계에서 유명해진 작가들도 많았습죠. 언뜻 생각나는 이름만 나열해보자면, 요한 볼

---

2   "나는 그들이 벌써 태어났을 거라고는 기대하지 않아요."
      —다이안 아버스(1923~1971)

프강 폰 파우스트, 미겔 데 산초, 엘리스 캐럴, 가브리엘 가르시아 부엔디아, 니코스 조르바, 미하일로비치 라스콜리니코프, 프란츠 카를, 호르헤 루이스 푸네스 등이 있습죠. 탐욕스러운 독서 덕분에 그들의 삶은 이미 타인의 비극으로 가득 차 있어서 굳이 무대 위의 괴물들에게서 치명적인 실수를 기대하지 않았습죠. 대신 그들은 관객들의 표정과 대화를 기억하기 위해 집중했습죠. 펜과 공책을 쥐고 있었지만 객석은 너무 어둡고 습해서 아무것도 기록할 수 없었습죠. 게다가 기억력이라는 것도 마치 마른 모래를 움켜쥐는 악력(握力)과 다를 바 없었습죠. 사실 모든 생명체는 빅뱅과 함께 태어나서 우주 전체로 흩어진 우리의 조상이자 후손이며, 우주의 모든 언어를 이해할 수 있는 유일한 존재들입죠. 특별한 장치의 도움 없이도 코펜하겐에서 보고타까지 단숨에 이동할 수도 있고 크롬웰의 군대를 이끌고 베트남 전쟁에 참전할 수도 있습죠. 이야기는 어디에서 끝나든지 처음과 끝이 완벽하게 일치하기 때문에 항상 당신은 그 이야기를 듣지 않은 것과 같은 상태로 꿈에서 귀환하는 것입죠. 예민한 사람들에겐 기시감 따위가 조금 남는 모양인데, 사실 그것은 대개 꿈의 내용과는 무관합죠. 고작해야 바이탈 사인이 만들어내는 일시적 징후에 불과합죠. 한정되어 있는 운명에 비해 사람의 숫자가 기하급수적으로 늘어나는 데 반해 욕망의 부피는 조금도 줄어들지 않아서, 여러 사람이 똑같은 운명을 재현하다 보니 갈등을 피할 수 없게 된 것입죠. 그나마 똑같은 운명을 지닌 자들이 서로 다른 시대와 공간에 흩어져서 태어나고 있는 게 다행입죠. 하지만 통신 기술과 기록 장치들이 발달하면서 이 균형마저도 점점 위태로워지고 있습죠. 자신의 운명을 미리 살아본 자들에게서 머지않아 편지를 받게 될지도 모릅죠. 결코 부정할 수 없고, 고작 수긍할 수밖에 없는 게 운명입죠. 불쾌하게 들리겠지만, 인간은 결코 사회적 동물이 아닙죠. 재규어처럼 영역을 나누고 혼자 살아갈 수 있을 때야 비로소 윤리적일 수 있다는 뜻입죠. 그렇지 않다면 통조림 속의 정어리들처럼 서로를 증오하고 억압하게 될 것이고 무의식의 영역은 점점 줄어들며 꿈의 내용은 점점 단순해질 터입죠. 이야기를 선점하고 약탈하기 위해 당신 같은 작가는 점점 네로 황제나 로베스피에르를 닮아갈 것입죠. 당신이 정신분석학자에게서 다양한 약물들을 처방받는 까닭도, 점쟁이를 찾아가 부적을 받아오는 까닭도 이 때문입죠. 침실 곳곳에 녹음 장치를 설치해두는가 하면 뇌파를 기록하여 분석하려 한다는 사실도 전 잘 알고 있습죠. 하지만 어느 방법도 결코 성공할 수 없습죠. 왜냐하면 당신이 꿈으로 드나드는 출입구에는 마치 공항 검색대의 투시기 같은 장치들이 설치되어 있어서 당신의 혈관과 근육과 뇌 속을 샅샅이 뒤져 결코 허가받지 못할 이미지나 기억을 강제로 삭제하기 때문입죠. 물론, 모든 원칙에는 예외가 있기 마련입죠. 검색대의 직원들이나 서커스 단원들과 친분을 쌓는다면 약간의 도움을 받을 수도 있습죠. 어느 쪽이 더

매수하기 쉽냐고 묻는다면 당연히 서커스 단원들이라고 말할
수 있습죠. 왜냐하면 검색대의 직원들에겐 애초부터 운명이 주
입되지 않았기 때문에 그들은 굳이 모험을 즐기려 하지 않기
때문입죠. 그래서 당신의 현실에서 유명해진 작가들은 하나같
이 서커스 단원들을 통해 꿈속의 이야기를 고스란히 훔칠 수
있었던 것입죠. 그리고 단장은 멕시코 난쟁이를 의심하고 있습
죠. 확실한 증거를 찾지 못해서 아직까진 단언할 수 없지만.

　멕시코 난쟁이는 단장을 찾아가 알비노 여자와 유대인 거인
없이 공연을 계속하게 해달라고 설득했습죠. 하지만 단장은 의
지를 꺾지 않았습죠. 꿈의 세계는 완벽한 진공 물질이기 때문
에 단 한 명의 배신자, 단 하나의 구멍만으로도 모조리 무너져
내릴 수 있습죠. 그들에게 비극은 전혀 필요 없었습죠. 그런데
도 배신자들을 혼자서 찾아내려는 영웅심에 이끌린 것인지, 아
니면 옛 동료들에 대한 동정심에 이끌린 것인지, 멕시코 난쟁
이 역시 진공 세계에서 비극의 세계로 도망치고 말았습죠. 그
제야 단장은 미루어놓았던 결정을 내렸습죠. 수색대는 전문 사
냥꾼들과 감각이 예민한 맹수들로 꾸려졌습죠. 꿈으로 드나드
는 길들을 모두 봉쇄하고 최근의 출입 기록을 모두 뒤져서 의
심스러운 자들을 추적했지만 도망자들을 쉽게 찾을 순 없었습
죠. 꿈의 세계처럼 인과의 관계가 끊겨 있고 논리나 기억이 적
용되지 않는 곳에선 알비노 여자나 유대인 거인이나 멕시코 난
쟁이의 특징은 전혀 주목받지 못합죠. 발자국도 남지 않으니,

도망자를 추적하는 방법이라곤 의심되는 두 곳의 공기를 채취하여 밀도와 온도를 각각 측정하고 서로 비교한 후 차이를 발견하는 것밖에 없습죠. 왜냐하면 도망자들이 구멍을 내기 전까진 꿈의 세계 어느 곳이나 밀도와 온도가 일정하고 시간이 관통한 흔적을 전혀 찾을 수 없기 때문입죠. 밀도와 온도가 변한 곳들을 차례대로 연결한 것이 곧 도망자들의 퇴로가 됩죠. 그래서 수색대들의 추적은 느릴 수밖에 없었습죠. 꿈을 꿀 수 없게 된 사람들 사이에서 우울증이 더욱 확산되고 자살과 전쟁이 선호되자 단장은 하는 수 없이 꿈으로 드나드는 길을 절반쯤 열 수밖에 없었습죠. 그건 곧 배신자들의 잠정적인 승리를 의미했습죠. 하지만 성취감이 그들에게 음식과 잠자리를 보장해주는 건 결코 아니었습죠. 다윈의 오두막에서 가장 영민했던 멕시코 난쟁이가 부당한 고통 앞에서 자신의 재능을 썩힐 리 없었습죠. 그는 바벨탑을 쌓았다는 이유로 신성한 언어를 빼앗기고 수십만 가지의 방언들에 갇힌 뒤에도 여전히 언어의 간극을 극복하고 역사의 주인으로서 영생을 누리려는 인간의 오만함을 단숨에 간파했습죠. 책 때문에 약화되고 있는 기억력을 만회하기 위해 더 많은 책을 찍어내고 있는 인간의 우둔함을 십분 활용하기로 작정했습죠. 그래서 그는 하루에도 수천 킬로미터씩 옮겨 다니면서 당신 세계의 작가들을 만나 은밀한 거래를 제안했습죠. 그리하여 "카니발에서 칼을 삼키는 알비노"라는 제목의 책이 마흔한 개의 나라에서 마흔한 개의 언어로 거의 동시에 출간된 것입죠. 어떤 작가는 세 가지의 언어와 세 가지의 필명으로 세 개의 나라에서 똑같은 책을 발표했습죠. 더 놀라운 사실은 마흔한 개의 나라가 각각 고유한 문자를 보유하고 있되 지금까지 서로 접촉한 적이 없어서 하나의 문자가 다른 하나로 번역되려면 적어도 20여 년은 족히 걸린다는 것입죠. 하지만 그것들은 하나같이 사탕수수 잎으로 만든 종이에 인쇄되어 있어서 책의 적들에게서 채 1년조차도 이야기를 지켜낼 수 없습죠. 어떻게 이런 상황이 가능한지 궁금합죠? 왜냐하면 인간은 전쟁을 문명의 보급 수단으로 간주하기 때문입죠. 승자가 되면 가장 먼저 패자의 박물관과 도서관부터 파괴한다고 들었습죠. 전쟁 대신 자연재해가 수고를 덜어주기도 하는데 그것 역시 전쟁처럼 전적으로 인간이 유발하는 것이지 조물주의 의지와는 아무런 관련이 없습죠. 거기서 간신히 살아남은 자들은 이웃과의 왕래를 끊고 미래의 공포 속에서 출산과 교육에만 몰입하는 것입죠. 그럴수록 절멸의 가능성이 더욱 높아진다는 걸 인간은 여전히 모릅죠. 자신이 동료들을 이끌고 절벽 위에 가장 먼저 도착한 레밍의 우두머리라는 사실을 깨달았을 땐 이미 늦었습죠. 마지막 목격자마저 사라질 때까진 아무도 나서서 비극을 멈추려 하지 않을 게 분명합죠. 단장도 마찬가지입죠. 그가 고용한 수색대들의 은밀한 추적은 꿈의 세계가 완전히 파괴되더라도 멈출 기미가 보이지 않았습죠. 그들은 현실을 간파하기 위해 호르헤 루이스 푸네스라는 소경에게서 점

자부터 배워야 했습죠. 협조의 대가로 그에게 꿈의 내용을 기록할 수 있는 펜과 공책을 선물했지만, 망각의 능력이 없는 노인의 끝없는 이야기는 독자들이나 스웨덴 한림원의 흥미를 거의 끌지 못했습죠. 하나의 문자를 완벽하게 이해하게 되자 다른 문자를 정복하는 데엔 많은 시간과 노력이 필요하지 않았습죠. 왜냐하면 인간의 사유 체계는 신체 구조만큼이나 정형화되어 있기 때문에 몇 가지 단어와 그것들의 용도만 알게 되면 십자말풀이는 너무 쉽게 완성됩죠. 수색대들은 마흔한 개의 언어로 완성된 마흔한 권의 『카니발에서 칼을 삼키는 알비노』를 모두 찾아냈습죠. 그러곤 마침내 배신자들이 숨어 있는 곳을 지목했습죠. 하지만 이 모든 상황이 사랑 때문에 일어났다는 단장의 설명만큼은 마흔한 권의 책을 읽은 뒤에도 여전히 이해할 수 없었습죠.

꿈의 세계는 쉼 없이 상하좌우가 바뀌고 안팎이 뒤집혔기 때문에 도망자들은 더욱 은밀한 곳으로 숨어들어 하루의 대부분을 시체처럼 지내야 했습죠. 당신의 종말이자 우리의 고난 앞에서 바퀴 달린 남자와 지속적 식물 상태의 아내가 드러났습죠. 그들은 끔찍한 교통사고 이후로 괴물이 되었습죠—인간은 슬픔이 부족하여 자동차를 만들었습죠—. 그래서 서커스단의 괴물들과 지내는 데 아무런 불편을 못 느꼈습죠. 욕창 때문에 등과 엉덩이가 녹아내리고 있는 식물적 인간을 유대인 거인이 발로 굴리는 동안 알비노 여자는 거인의 어깨 위에 중심을 잡고 서서 십자칼을 잘도 삼켜댔습죠. 그러는 사이 멕시코 난쟁이는 바퀴 달린 남자에게서 우울증을 걷어내주고 마흔번째 『카니발에서 칼을 삼키는 알비노』란 책을 읽게 했습죠. 녹음기에 마지막 문장을 뱉어낸 남자는 정지 버튼을 누르지도 못한채 사흘 동안 잠에 빠졌습죠. 그사이에 녹음테이프는 사회복지사의 손을 거쳐 당신에게 전달되어 마흔한번째 책이 되었습죠. 당신은 찰나적 우연에 불과합죠. 그리고 역사의 바퀴는 질서와 우연 사이에서 새된 소리를 내면서 굴러갑죠. 반면에 표절 시비는 철저하게 계획되었습죠. 멕시코 난쟁이는 당신의 세계에서 기적을 일으킬 수 있는 최후의 로고스가 돈이란 사실을 잘 알고 있었습죠. 그리고 반윤리적일수록 독자들의 호기심을 더욱 자극할 수 있다는 마케팅 전략을 이용할 작정이었습죠. 멕시코 난쟁이에겐 언제든 선동할 수 있는 군중의 숫자가 더 중요했습죠. 그리고 이 성공으로 자신의 완전한 사랑을 다시금 증명하고 싶었습죠. 하지만 조물주 이외의 완전함을 믿는 순간 발밑은 까마득한 절벽입죠. 조물주가 사랑을 금지시킨 것도 그 때문입죠. 아무튼 당신은 기대 이상의 역할을 잘 수행해줬습죠. 당신의 헌신 덕분에 머지않아 꿈의 소유권에 대한 법적 가이드가 공표될 것입죠. 꿈이 개인의 소장품이 된다면 엉터리 예술가들로 지구는 가벼워질 것이고, 인류 전체의 재산으로 귀속된다면 우울증 환자들 때문에 지구는 무거워질 터입죠. 어느 경우든 간에 서커스단은 지금보다 더욱 바빠질 터입죠. 단장은 살인적인 공연 스케줄을 감당하기 위해 더 많은 괴물을 찾아서 당신의 세계를 뻔질나게 드나들지도 모릅죠. 하지만 꿈을 완벽하게 기록하고 재현할 수 없는 한, 그리고 그것으로 통하는 길을 완전히 막을 수 없는 한—노예의 사슬을 끊기 위한 방법을 찾고 있는 당신을 벌써부터 실망시킬 생각은 없습죠—법원의 근엄한 판결 이후에도 당신의 작품 중 어느 것도 결코 표절의 혐의에서 자유로울 수 없다는 사실을 명심하셔야 합죠. 서커스단에서 도망치는 괴물들이 점점 늘어나고 있는 상황을 망각하는 순간 당신의 발밑은 또한 까마득한 절벽입죠.

14. 우울증은 억제된 성욕의 복수

사무실 안의 검은 의자는 배를 바닥에 대고 엎드린 검은 말과 같다. 그 위에 앉아야 할 Q는 벌써부터 서커스 단원이 된 듯 아찔해진다. 몽마(夢魔)는 검은 말 위에 앉아 밀낫을 혀처럼 휘두른다던가. 벼린 날을 피해 침대 위의 몸뚱이를 홍두깨처럼 굴리다 보면 밤은 밀가루 반죽처럼 점점 얇아지다가 여기저기에 빛의 구멍이 허방다리처럼 드러나곤 했다. 수면제는 북극성처럼 침실 천장에서 여전히 빛났고 독주(毒酒)는 온갖 소음들을 침실로 끌어들였다. 불면증이 정신 상담을 받아야 할 만큼 악성 징후는 아니었으나 매일 몸속에 축적되는 불안감은 언제든 폭탄 조끼로 변할 위험이 있었다. 모든 범죄는 하나같이 정신적 현상이므로. 다행히 대학 친구의 아내 중에 청소년 심리 상담을 하고 있는 자가 있어, 지나는 길에 책이나 전달해주겠다는 핑계로 Q는 그녀의 병원을 찾았다. 학교에 있어야 할 시간에 병원에 있는 아이들은, 마치 3분간의 격렬한 라운드를 마치고 자신의 코너로 돌아온 권투 선수처럼, 뒤로 기울어가는 상체를 의자 등받이에 받쳐놓고서, 어서 자신의 차례가 되어 코끼리 같은 상담사가 자신의 머리통을 밟아 박살내어주길 기다리고 있었다. 그들의 공통된 강박관념인 대학교는 20여 년 전 Q를 정치범으로 만들었고 10여 년 뒤 저 아이들을 실업자나 범죄자로 추락시킬 것이다.

"어떤 아이들에게 꿈의 세계는 복종과 인내를 가르치는 또 다른 기숙학교에 불과하죠. 감시자들에게서 도망치는 건 결코 쉽지 않아요. 물론 두어 개의 소화제 덕분에 신세계에 도달한 경우가 아예 없는 건 아니지요."

만약 우울증이 소화불량의 결과라면, 꿈을 관장하고 있는 건 뇌가 아니라 위일지도 모른다. 음식을 통해 꿈이 전파되는 것일까. 하지만 2주일 동안 책과 관련된 스무 명의 사람과 매번 다른 레스토랑에서 만나 매번 다른 음식을 삼켜야 했던 Q에게 2주일 동안 반복되고 있는 꿈과 연관시킬 만한 음식은 딱히 떠오르지 않았다.

"저의 소화기관은 성인이 된 뒤로 아무런 문제를 일으키지 않았어요."

로데오에 처음 출전한 풋내기 카우보이를 향한 여자의 웃음
이 너무 어두웠다.

"그러니까 책보단 꿈 이야기를 들려주러 찾아오신 거로군요.
하긴 지나가는 길에 책을 건넬 만큼 저희가 가깝게 지내는 건
아니죠. 다행히 시간이 조금 있으니까 일단 저 의자에 앉아서
신발을 벗으세요. 그다음부턴 저 의자가 다 알아서 도와줄 거
예요."

Q는 성병을 치료받기 위해 여의사 앞에서 벌거벗어야 하는
난봉꾼이라도 된 것 같아 수치스러웠다. 성인들의 우울증은 억
제된 성욕의 복수일까. 신발을 벗고 안장 위에 앉아 다리를 뻗
자 검은 의자가 Q를 뒤에서 끌어안더니 의식의 수면 위로 이목
구비만 겨우 드러날 정도까지 몸을 아래로 짓눌렀다. 관자놀이
부근으로 모여든 송사리 떼의 파동만이 생의 유일한 징후였다.

"그 안에서 애써 꿈과 현실을 구별하려고 애쓰실 필요는 없
어요. 사실 우리는 꿈과 똑같은 재료로 만들어져 있으니까요.[3]
그저 지금 보고 듣고 느껴지는 대로 말씀하시면 됩니다. 그리
고 당신의 발언은 모두 녹음이 될 테니 안심하세요."

Q는 여전히 꿈 밖에 머물렀으나 자신이 중얼거리는 이야기

---

3   "우리는 꿈과 같은 재료로 만들어져 있다We are such stuff as dreams are made on."
    ─셰익스피어, 「템페스트」에서.

를 전혀 들을 수가 없었다.

15. 신성한 책

신성한 존재가 우주 모든 곳에 존재한다.

신성한 존재의 일부가 지구에도 당연히 존재한다.

신성한 존재의 일부는 스스로 드러나지 않는다.

신성한 존재의 일부는 누군가 말을 걸었을 때 공명하는 소리를 통해서만 자신의 존재를 드러낸다.

신성한 존재의 일부가 공명하는 소리를 대다수의 생명체는 정확히 알아들을 수 있다.

신성한 존재의 일부가 공명하는 소리가 인간에게는 알아들을 수 없는 노래로 들린다.

알아들을 수 없는 노래를 인간은 정확히 재현할 수 없기 때문에 분절적 언어에 고정시킬 수밖에 없다.

신성한 노래를 옮겨 적을 수 있는 신성한 문자가 존재한다.

신성한 문자를 인간에게 가르쳐준 자도 신성한 존재의 일부이다.

신성한 문자는 오로지 선택받은 인간에게만 비밀리에 전수된다.

신성한 존재의 일부에게 충성을 맹세한 황제가 첫번째 인간이다.

황제는 자신의 후계자 한 명을 선택하여 직접 신성한 문자를 가르친다.

신성한 문자를 불경한 자나 어리석은 자가 읽을 경우 그 신성은 훼손되기 때문에 신성한 문자를 가르칠 후계자를 선택하는 데 신중하지 않으면 안 된다.

신성한 노래를 신성한 문자로 옮겨 적은 신성한 책이 존재한다.

신성한 책은 당연히 신성한 물질로 구성되어 있다.

신성한 책은 신성한 돌로 만들어져 있다.

신성한 돌에는 우주의 암흑과 같은 물질 이외의 불순물은 섞여 있지 않다.

신성한 돌은 불에 타지 않지 않고 물에 녹지 않으며 바람이나 시간에 훼손되지 않고 벌레들이 살 수도 없다.

그 신성한 돌을 구할 수 있는 신성한 지역이 있다.

신성한 지역을 드나들 수 있는 자는 황제 이외엔 아무도 없지만, 황제의 근위병들이 그곳으로 드나드는 입구를 잠들지 않고 지킨다.

신성한 지역에서 항상 신성한 돌을 구할 수 있는 것은 아니다.

신성한 책이 신성한 꿈을 통해 황제에게 자신의 운명을 들려주어야 비로소 황제는 그 신성한 곳에 가서 신성한 돌을 찾을 수 있다.

신성한 돌에는 이미 신성한 책의 내용이 신성한 문자로 돋을

새김되어 있다.

　신성한 문자는 돌을새김되어 있어서 어둠 속에서도 항상 신성한 책을 읽을 수 있다.

　신성한 책은 신성한 존재의 일부에 충성을 맹세한 황제가 머무는 곳이라면 어디든지 따라다닌다.

　신성한 책 주위엔 항상 수십 명의 근위병이 배치된다.

　신성한 고독과 고요 속에서 황제는 눈을 감고 손끝으로 신성한 책을 읽는다.

　신성한 책을 읽을수록 신성한 존재의 일부에 충성을 맹세한 황제는 기억을 점점 잃는다.

　기억을 잃어갈수록 황제는 더욱 현명해지고 더욱 용감해지며 더욱 이타적인 인간으로 변한다.

　신성한 책이 일러주지 않은 언행은 황제에게 불가능하다.

　신성한 책을 잃으면 황제의 권위는 사라진다.

　신성한 책은 결코 사라지지 않으나 양도될 수는 있다.

　신성한 책을 차지한 자는 신성한 존재의 일부에게서 황제로서 인정받을 수 있다.

　하지만 신성한 존재의 충직한 노예이자 인간의 주인으로서 인정받으려면 신성한 책을 정확히 낭독할 수 있어야 한다.

　신성한 책을 낭독하기 위해선 온몸과 영혼을 완전히 뒤섞어서 집중하지 않으면 안 된다.

　신성한 책을 잘못 낭독하였을 경우 신성한 책은 재앙을 불러

들인다.

재앙이 지상의 모든 인간을 절멸시킬 때까지 신성한 책은 모습을 드러내지 않는다.

신성한 존재의 일부가 분노를 거둔 뒤에야 비로소 신성한 노래가 다시 시작된다.

노래를 알아들을 수 있는 자는 오로지 신성한 존재의 일부가 선택한 노예뿐이지만, 그가 자신의 운명을 순순히 받아들일 때까지 재앙은 멈추지 않는다.

새로운 노예는 처음엔 신성한 징후를 찾아내기 위해 애쓴다.

그다음엔 신성한 문자를 찾고, 그다음엔 신성한 책을 찾으려 애쓴다.

신성한 징후와 신성한 문자와 신성한 책에 집착할수록 신성한 존재의 일부는 모호해지고 인간은 더욱 초라해질 따름이다.

똑같은 시행착오가 무한히 반복되면서 신성한 징후는 점점 선명해지고 단순해진다.

신성한 징후가 점점 선명해지고 단순해질수록 신성한 문자는 점점 복잡해진다.

신성한 문자가 복잡해질수록 신성한 책은 점점 무거워진다.

새로운 노예의 주위에 신성한 징후나 신성한 문자나 신성한 책이 존재하지 않는 곳은 없다.

신성한 책을 지키기 위해 음침한 골방으로 숨어들거나 입구에 경비병을 세울 필요가 없다.

눈이 멀고 귀가 닫히고 혀가 굳은 뒤에야 비로소 신성한 존재의 일부가 자신을 선택한 목적을 노예는 깨닫는다.

신성한 징후와 신성한 문자와 신성한 책에 대한 망상을 버린다.

신성한 존재의 일부에 대한 망상도 버린다.

신성한 존재를 찾고 있는 자신에 대해서도 완전히 잊는다.

신성한 존재의 일부는 자신이 선택한 노예에게 신성한 노래를 들려주지만 노예는 이해하려 하거나 재현하려 하지 않는다.

신성한 노예 스스로 신성한 징후가 되고 신성한 문자가 되고 신성한 책이 된다.

신성한 노예는 벌레와 바람과 물과 불과 시간과 적에 의해 결코 훼손되지 않는다.

신성한 노예는 신성한 노래가 된다.

신성한 노래는 무한히 반복되면서 우주를 항해한다.

신성한 노래는 우주의 다양한 소리에 공명하면서 무한히 증식한다.

신성한 노래에는 탄생이 있으나 죽음은 없다.

신성한 죽음이 없는 것은 결코 우주 한곳을 향해 모여들지 않는다.

신성한 죽음을 노래한 신성한 책은 더 이상 존재하지 않는다.

16. 마치 우주인이 달 위를 걷듯

그들은 단번에 자신의 정체를 드러내지 않았어요. 낮과 밤이 바뀌는 방식처럼 아주 조금씩 정보를 흘렸지요. 주의 깊게 듣고 기억하지 않는다면 조각을 맞출 수가 없었어요. 서로 다른 시대의 다른 언어를 사용하였지만 모두 다 광폭의 독서 편력 덕분에 아무런 어려움 없이 서로의 이야기를 이해하였답니다. 어쩌면 그들은 인간이 두 번씩이나 거주하려다가 실패한 세계—첫번째는 바벨탑을 쌓아 올리기 이전에, 두번째는 폴란드의 안과 의사가 희망이라는 의미의 인공 언어를 개발하여 언어 약소국들에게 보급한 이후로—에서 살아남은 난민들인지도 몰라요. 한 사람은 자신이 파리의 물랭루즈에서 로트렉과 함께 포스터를 그렸다고 말했어요. 또 다른 사람은 볼리비아의 정글에서 체 게바라의 죽음을 목격한 유일한 사람이라고 자신을 소개했지요. 또 다른 사람은 체르노빌의 낙진을 피해 3년 동안이나 지하실에서 숨어 지냈다고 덤덤하게 고백했어요. 또 다른 사람은 루터와 함께 비텐베르크 성벽 교회에 격문을 붙였던 걸 자랑했지요. 또 다른 사람은 자신이 스파게티를 최초로 발명해낸 요리사라고 큰소리를 쳤어요. 마지막 사람은 라 파밀리아 성당을 설계하고 있는 가우디의 밑에서 허드렛일을 하고 있는 사람이었지요. 그들은 방금 전에 일을 마치고 집으로 돌아온 것처럼 열정에 사로잡힌 채 목청을 높였지요. 그래서 그들의 이야기를 듣다 보면 로트렉과 체 게바라, 루터와 가우디가 한 장소에서 만나 체르노빌 사고나 종교개혁에 대해 이야기하고 있다는 착각에 빠져들었지요. 그와 동시에 뭔가 불길한 사건이 조만간 일어날 것 같은 예감에 포위되기도 했지요. 왜냐하면 그들의 이야기가 서로 섞이고 격렬한 화학반응을 연쇄적으로 일으킬수록, 인간이 오랫동안 구축해놓은 서사의 세계가 균형을 잃고 한쪽으로 천천히 기울었기 때문입니다. 그들은 무엇인가를 새롭게 만들고 관리하는 일보다 이미 존재하는 것을 파괴하고 방치하는 일에 더 열광했습니다. 그들의 모호한 인상도 비관적 시대 인식에서 비롯되었겠죠.

저는 그런 성향을 지닌 자들에 대해 잘 알고 있습니다. 그들의 호기심을 자극하는 건 정지되어 있는 무엇이 아니라 움직이는 무엇이지요. 그러니까 그들은 출발지나 목적지에 머물지 않고 그 사이에서 격렬하게 움직일 따름입니다. 시위를 떠난 화살이 통과하고 있는 시간과 공간을 무한히 쪼개어 각각의 프로파일을 해석하는 데에만 그들의 인생이 온전히 소모됩니다. 독서 방법으로 비유하자면, 그들은 벽돌담처럼 가지런히 쌓여 있는 문장 따위 읽지 않고, 담과 담 사이의 행간도 기웃거리지 않으며, 다만 책 전체를 쥐고 한꺼번에 넘기면서 페이지와 페이지 사이에서 잠시 드러나는 문양과 냄새와 날파람만을 만끽합니다. 그러다가 싫증이 나면 조금도 주저하지 않고 책을 태우면서 연기와 불꽃을 찬양합니다. 그들이 그 헌책방으로 숨어든 까닭도 자신들의 기괴한 독서 방법 때문이었습니다. 그리고 그들은 그것을 언필칭(言必稱) 혁명이라고 부르기에 이르렀습니다. 저는 혁명의 목적과 논리를 전파할 십자군 기사로 임명되었습니다. 그것이 저를 납치한 그들의 이유였습니다.

하지만 저는 그 역할을 완강하게 거부했습니다. 만약 꿈속에서 그런 제안을 받았더라면 기꺼이 받아들였을 겁니다. 왜냐하면 꿈속에서 제가 실패할 확률은 거의 없기 때문입니다. 게다가 그곳에선 누군가의 명령이나 도움을 기다릴 필요가 없죠. 하지만 꿈 밖에서는 상황이 뒤바뀝니다. 저는 책 속에서 사건을 이끌어가기 위해서 창조된 것이 아니라 인물과 사건의 배경을 그럴듯하게 만들기 위해 투입된 엑스트라에 불과하다고, 수치심을 억누르고 고백했습니다. 저는 이미 혁명의 역사가 반영된 몇 권의 소설책 속을 소요한 적이 있습니다. 그래서 왜 혁명이 매번 실패하는지 어렴풋하게나마 이해하고 있습니다. 적확한 단어와 투명한 문장으로 설명드릴 수 없어 유감입니다만, 한 가지 사실만큼은 확실하게 말씀드릴 수 있습니다. 누군가 혁명을 시도하는 순간 수백만 개의 팔이 사방에서 뻗어 나와 혁명가들의 사지를 붙잡고 의지를 방해한다는 것입니다. 그건 마치 우주인이 달 위를 걸을 때와 같습니다. 지구상에선 아무것도 아닌 행동들이 달 위에선 아주 어렵고 중요한 행동이 되듯이, 거룩한 혁명을 주창하는 자들은 하나같이 시골의 장삼이사가 허투루 내뱉는 투정조차 적절히 다루지 못하다가 끝내 비극을 맞이하였습니다—인간이 달 위에 지금까지 남긴 발자국의 숫자는 스무 개가 채 되지 않습니다—. 이렇게 항변했건만 납치범들은 막무가내로 저를 제압하려 했습니다. 선한 폭력이야말로 혁명을 방해하는 아편이라는 사실을 그들은 여전히 모르고 있었습니다. 행간을 돌아다니면서 사유하지 않고 그저 작가의 권위에 굴종하여 선형적 문장을 충실하게 따라가는 주인공이나 독자 들이 쉽게 간과하는 실수이기도 하지요. 만약 자신들의 제안을 받아들이지 않는다면 제가 꿈속으로 들어가는 입구를 영원히 봉쇄하겠다고 그들은 협박했습니다. 그리고 실제로 그렇게 하였습니다. 그들 역시 꿈의 안팎을 자유롭게 드나들 수 있는 능력을 지닌 이상, 게다가 저보다도 더 많은 조력자들을 꿈의 안팎에서 끌어모을 능력까지 지니고 있는 이상, 철조망과 전압을 높이고 중무장한 초병들을 그 주위에 촘촘히 세우는 일쯤은 그들에게 그리 어렵지 않아 보였습니다. 단언컨대 꿈이 거세된다면 제 인생엔 아무것도 남지 않을 겁니다.

그래서 결국 저는 그들의 제안을 받아들이고 말았습니다. 그들의 제안을, 그리고 그 제안을 제가 받아들인다는 사실을, 저를 창조하고 인용한 작가들이 미리 알아차리고 있었는지는 모르겠습니다. 그렇다면 혁명의 결말과 제 운명에 대해서도 그들은 잘 알고 있었겠지요. 그들을 만나서 따져 묻고 싶습니다만, 저를 인용한 어떤 작가는 책을 출간한 지 얼마 지나지 않아서 불의의 사고로 죽었고, 어떤 작가의 책은 죽은 뒤에야 비로소 유족들에 의해 유작으로 발표되었으며, 또 어떤 작가는 치매에 걸려 자신의 책은커녕 이름조차 기억하지 못했기 때문에, 부득이 의지를 스스로 겪어야 했습니다. 자신이 쓴 원고가 인쇄되어 독자들에게 팔려 나간 이상 책의 운명은 더 이상 자신이 제어할 수 없다는 장광설을 펴며 일부러 침묵하는 작가들까지 굳이 만나고 싶진 않았습니다. 왜냐하면 그런 작가들은 정말로 아무것도 모르기 때문입니다. 그들이 알고 있지만 비밀로 취급하려는 진실은 유감스럽게도 아무런 의미나 영향력을 지니고 있지 않습니다. 게다가 그들의 빈약한 능력으로는 이 음험한 혁명가들이 어떤 방법으로 혁명을 시도했는지 결코 상상하거나 이해하지 못할 것이 분명합니다.

17. 라만차의 나무 해방 전선Frente Arbol de Liberación

스페인 정부는 라만차의 기차역에서 일어난 폭탄 테러의 배후로 에프에이엘FAL 즉, 나무 해방 전선이란 단체를 지목하였다. 극단적 환경운동가들로 구성된 그 단체는 전 세계의 국경을 넘나들면서 나무의 생장에 적대적인 집단을 상대로 잔혹한 테러를 저지르는 것으로 유명했다. 초기의 에코테러리스트 ecoterrorist들은 자연과의 조화를 파괴한 채 대량생산과 대량소비에 열광하고 있는 인간의 우매함을 각성시킬 목적으로 언론사의 카메라 앞에서 자극적인 퍼포먼스를 벌이고 떳떳하게 체포되는 방법을 즐겨 사용하였으나, 언론이나 시민들의 관심이 점점 줄어들자 더욱 폭력적이고 항구적인 방법을 선호하게 되어서, 저개발국가에서 대규모의 벌목 사업을 지원하고 있는 다국적 가구 회사의 주요 매장을 방화하거나, 밀림을 없애고 만든 골프장의 회원들을 붙잡고 인질극을 벌이는가 하면, 불법 화전으로 조성된 목초지에서 한가롭게 풀을 뜯고 있던 수십 마리의 소를 학살하는 일까지 서슴지 않았다. 스페인 정부의 발표에 따르면, 읽을 만한 가치가 전혀 없는 책들을 만들어내느라 신성한 나무를 희생시키고 있는 작가와 출판업자를 각성시키기 위해 그들은, 돈키호테 축제가 준비되고 있는 라만차를 테러 현장으로 선택했단다. 하지만 어떠한 논리로도 라만차의 기차역에서 이름과 얼굴도 없이 핏빛 단말마 속에 쓰러진 자들을 진혼할 수는 없었다. 인간의 탐욕을 엄중히 경고할 목적이었다면 2년마다 국제 규모의 골프 대회를 주관하는 기업의 총수를 납치하는 게 더 효과적이었다는 반성이 에프에이엘 조직의 내부에서 흘러나왔다. 책과 가구를 만드는 사업 중 어느 것이 나무의 식생에 더 치명적인지에 대한 질문을 두고 조직원들이 반목했는데, 나무의 미덕을 설명하고 그것을 보호하기 위해 인간이 어떤 조치를 즉각적으로 취해야 하는지 알려주는 책과 함께, 생식의 능력을 거세당한 채 오로지 실내장식을 위해 생산되는 책들을 대체할 수 있는 가구 또한 존재할 수 있기 때문이었다. 여러 곳에 동시에 놓여 있는 한 권의 책은 아무 곳에도 없는 여러 권의 책이 될 수 있고, 일단 출간된 책은 이름과 얼굴이 없는 독자들에 의해 무한 복제되기 때문에 결코 절멸시킬 수 없다는 사실을 테러리스트들은 미리 배웠어야 했는데 그러지 못했다. 대체 섬유로 만들어진 종이와 전자책의 유행을 간과했던 것도 그들의 명백한 실수였다. 그래도 전 세계 곳곳에서 숲이 사라지는 속도에 따라 전 지구적으로 일어날 수 있는 재앙의 연대표—에프에이엘이 10여 년 전에 작성한 것과 거의 다르지 않았다—가 언론에 보도되어 시민 단체의 자성을 유발시키는 성과를 올리기도 했으나 곧이어 피레네산맥 부근의 비밀 아지트에서 수십만 유로의 위조지폐들이 발견되면서 그 조직의 대의는 더 이상 존중받지 못했다. 다국적 연합군의 포위가 좁혀지고 있는데도 에프에이엘은 끝까지 투항을 거부한 채 또 다른 테러를 예고했다가 조직원의 배신으로 거사 직전에 일망타진되었다. 그들은 향수를 제조하는 공장을 폭파하려 했는데 향수의 주원료인 사프란을 재배하고 있는 밭이 떡갈나무를 베어낸 자리에 만들어졌기 때문이란다. 그 소식이 전해지자 스페인 주요 도시의 향수 판매점에 평소보다 두 배 이상의 사립 경비원들이 배치되었고, 향수 회사의 대변인은 회사가 매년 조림 사업을 위해 기부하는 금액과 지원 단체의 목록을 공개했다.

18. 마치 누구에게나 부모가 그런 존재인 것처럼

그들은 자신들을 코디스트codist라 불렀다. 정보를 처리하는 일을 하는 것은 분명했지만 정확히 몇 명으로 구성되어 있으며 조직이 어떻게 운영되는지는 끝내 밝히지 않았다. 코디스트라는 단어의 생경함이 해커라는 단어에 내포되어 있는 부정적 의미를 희석시켜주는 것만큼은 분명했다. 그들은 사리사욕에 혁명을 동원하는 걸 극구 부인했다. 자신들 중에서 제2의 코르테스나 피사로가 등장하는 걸 극도로 경계할 뿐만 아니라, 혁신적인 정보처리 기술을 개발하여 세계적인 기업을 세우고 돈방석에 앉게 되는 것도 원치 않았다. 그들은 세상이 이처럼 형편 없이 타락한 까닭이 인류가 수천 년 동안 축적해놓은 지식을 잘못 사용하는 자들 때문이라고 주장했다. 그리고 그 배후로 엉터리 책들을 지목했다—컴퓨터와 네트워크는 수단이지 대상이 아니었다—. 모든 책은 필연적으로 오류를 포함하고 있을 뿐만 아니라 그것을 스스로 교정할 능력을 지니고 있지 않다. 어떤 인간에게 그것은 이성을 마비시키는 마취제로 작용한다. 양서나 악서의 차이는 전혀 없다. 책이 존재하는 한 전쟁광이나 사이비 교주는 영원 재귀한다. 세상의 모든 책을 없앤 자리에다 인간이 새로운 역사를 다시 시작하려면—역사는 책을 만들고 기록하게 된 순간부터 시작하였기 때문에—궁극적으로 문자마저 없애지 않으면 안 된다. 혁명이 성공하면 그들은 바이칼호 근처에 오두막을 세우고 원시적인 방법으로 살면서 숲과 호수를 복원하는 데 여생을 바칠 것이다. 결코 펄프를 만들 수 없는 나무만을 골라 심을 것이고, 벌목꾼들이 드나들 수 없도록 야생의 맹수들을 풀어놓을 것이라고 그들은 말했다.

하지만 그들의 주장과 행동 역시 역사적인 산물에 지나지 않아서, 역사를 조금이라도 알고 있는 자들이라면 누구라도 그들을 책의 효용을 부정한 플라톤주의자이자, 문자가 신의 가르침을 이해하는 데 방해가 된다고 믿고 성서를 거부했던 문맹파[4]로 규정할 수 있으리라. 실제로 그들 중에는 종교적인 이유 때문에 그 무리에 합류한 사람도 있었는데, 그의 가입을 두고 조직원들은 열띤 논쟁을 벌여야 했다. 특정 종교의 교리가 자신들의 순수한 목적을 오염시키지 못하도록 그를 배제해야 한다는 주장이 압도적이었지만 그 무리를 이끄는 우두머리는 끝까지 자신의 의견을 관철시켜 그를 일원으로 받아들였다. 그러고는 동료들이 자리를 비운 사이에 그를 은밀하게 불러, 자신의 허락 없이 종교적 신념을 드러내거나 편향된 행동을 했을 경우 별다른 경고 없이 곧바로 물리적 제재를 가하겠다고 협박

---

[4] 문맹파(文盲派, Abecedarians)는 16세기 출현한 재세례파(再洗禮派, Anabaptists)의 한 분파로 성경이나 성직자들의 도움 없이 하느님과 직접 소통해야 한다고 주장했다. 재세례파는 지각이 없는 유아에게 세례를 내리는 행위는 성서에 기반하고 있지 않기 때문에 유아가 스스로 판단할 수 있을 때 다시 세례를 해야 한다고 주장했다.

을 했다.

그들이 현재의 신념과 행동 준거를 지니게 된 배경은 단순 명료하다. 그들은 어려서 하나같이 부모에게서 학대받거나 버림받았다. 외롭고 막막할 때마다 그들을 위로해준 것은 책들이었다. 그것들을 누가 언제 그곳에 왜 가져다 놓았는지는 알 수 없었다. 마치 누구에게나 부모가 그런 존재인 것처럼. 그래서 그들도 주변의 책들을 자연스럽게 부모와 같은 존재로 받아들였다. 부모와 달리 책들은 결코 자신들에게 윤리와 헌신과 맹목과 조화를 가르치지 않았고 오히려 자유와 일탈과 저항과 고독의 희열을 가르쳤다. 그들이 실수를 하거나 실패를 하더라도 결코 책망하거나 비난하지 않았고 그저 옆에서 침묵을 지키면서 스스로 치유할 때까지 기다려주었다. 그들이 성공할 때마다 책들은 세상에서 가장 달콤한 언어로 가장 아름다운 노래를 반복해서 불러주었다. 그렇게 단련된 그들은 처음엔 세상을 타락시킨 부모를 살해하려고 하였으나, 그 부모를 타락시킨 게 책이라는 사실을 깨닫고, 부처를 만나기 위해서 부처를 죽여야 하는 심정으로 세상의 모든 책을 없애야겠다고 생각했다. 그들은 단 한 권의 신성한 책이 존재한다는 사실을 믿지 않으며, 그 한 권으로 세상의 모든 책을 복원할 수 있다는 주장에도 결코 동조하지 않았다.

그들은 그 헌책방을 드나들다가 만나 의기투합하였다. 그렇다고 처음부터 혁명의 기치를 앞세운 채 그곳에 드나든 것은 아니었고, 그저 외롭고 힘들 때마다 부모를 만나러 가는 심정으로 그곳에 들렀다가 서로를 알아보았던 것이다. 자신의 밥벌이와는 아무런 관련이 없는 책들을 뒤적거리면서 서로에게 호감을 갖게 되었다. 게다가 하루 종일 그곳에는 손님이라곤 그들밖에 없었기 때문에 대화를 방해받지 않을 수도 있었다. 헌책방의 점원은 그곳의 낡은 책들이나 손님들에게는 전혀 관심이 없었다. 그저 그곳 밖에서 취업할 궁리만 했다. 급히 면접약속이라도 잡히면 주인에게 말하지도 않은 채 헌책방을 닫거나 비우기 일쑤였는데, 수상한 손님들 때문에 문을 닫을 수 없을 때에는 아예 그들에게 계산대까지 맡기기도 하였다. 헌책방주인은 현재의 급여 수준으로 성실한 점원을 새로 채용하는 게거의 불가능하다는 사실을 잘 알고 있었기 때문에 하는 수 없이 그의 일탈을 묵인할 수밖에 없었는데, 수상한 손님들의 도움을 받아 몇 번의 곤경을 해결한 뒤로 그들을 신뢰하게 되었다―주인은 그들 각자에게 은밀히 취업을 제안하였으나 보기 좋게 거절당했다―.

어느 날 헌책방 주인은 수상한 손님들, 즉 코디스트들을 데리고 헌책방과 가까운 곳의 누가(累家)에 들러 헌책들을 수거하게 되었다. 원래의 주인인 노인이 양로원에서 죽자 그의 아들이 부모의 집과 유물들을 처분해야 했는데, 굳이 헌책방 주인까지 부른 까닭은 고인의 유언 때문이었다. 그렇고 그런 책들을 읽는 데 노년을 보냈지만 아들에게만큼은 자신의 인생을 황금처럼 기억시키고 싶어서 희귀한 책들이 자신의 서재에 많이 보관되어 있다고 거짓말을 했던 모양이다. 그 때문에 황금의 가격으로 책값을 요구하는 유족과 책의 무게대로 가격을 지불하려는 헌책방 주인 사이에 한참 동안 실랑이가 벌어졌다. 코디스트들은 집 안을 서성거리다가 노인의 침실 탁자 위에 놓인 두어 권의 책을 발견하고 유족과 헌책방 주인 몰래 허리춤에 숨겼다. 특별한 가치를 단숨에 알아차렸다기보다는 그대로 놔두면 누군가 그것을 읽고 전쟁을 준비할 것 같아서 화근을 미리 없애고 싶었던 것이다.

19. 같은 책을 반복해서 읽을 때마다 늘어나는 이본(異本)

그들은 잔혹한 무기로 무장하고 험준한 산속으로 숨어들어가 게릴라 투쟁을 시작하지 않았습니다. 그렇다고 정교한 이념과 세련된 구호로 빈민들을 선동하여 창과 방패로 삼지도 않았고, 인류의 미래를 인도할 메시아로 위장하여 신도들을 유황불 앞에 세우지도 않았습니다. 그들은 그저 하루 종일 헌책방을 소요하면서 낡은 책들을 들춰볼 따름이었습니다. 그래서 누군가의 눈에는 그들이 자신들의 혁명에 필요한 이념과 전략과 구호와 메타포를 찾고 있는 것처럼 보였을 수도 있습니다.

사실 그들은 책들을 들춰보기만 한 게 아니라, 한 권의 책 속에서 살고 있는 주인공을 납치하여 다른 책 속에다 풀어놓는 일을 반복하고 있었던 것입니다. 그렇다고 흉기를 들고 위협하여 그들을 검은 자루 속으로 강제로 밀어 넣는 방법을 늘 사용하는 것은 아닙니다. 뇌쇄적인 여자들이나 방탕한 남자들로 유혹하기도 하고 술이나 마약, 도박이나 음악을 슬그머니 권하기도 했습니다. 지루한 논쟁을 일으켜 평정심을 깨뜨리거나, 대단한 명성을 지닌 경쟁자를 보내어 자괴감을 조장하기도 했습니다. 하지만 그들이 가장 선호하는 방법은, 책 속의 주인공이 거부할 수 없을 만큼의 명예와 재산과 쾌락을 잠시나마 허락하여 그와 세계 사이의 철조망을 걷어낸 다음 그가 설탕처럼 세계에 녹아 거의 사라졌을 때쯤 갑자기 그를 세계에서 건져내고 단숨에 명예와 재산과 쾌락을 빼앗아버리는 것입니다. 그러면 이미 이성이 마비된 그는 결코 이해받지 못할 수준의 치명적 실수를 저지르고 말지요. 숨을 헉헉거리며 제 발로 책 속에서 도망쳐 나온 그에게 은신처를 제공하는 대가로 협력을 약속받으면 끝입니다. 물론 그런 거래는 종국에 그의 파멸을 완성할 따름입니다―『파우스트』를 읽고 교훈을 챙기지 않은 자는 없습니다만, 거래를 거부한 자 또한 없습니다―. 그리하여 파리의 물랭루주에서 체 게바라는 포스터를 붙이고, 루터는 체르노빌의 낙진을 피해 3년 동안 지하실에 숨어 지내느라 스파게티를 발명하지 못하며, 가우디는 요리사로서 이탈리아 손님들에게 환영받지 못하는 현실에 크게 낙담하여 종교개혁에 심취하게 되고, 볼리비아 산악 지대에서 게릴라 활동을 벌이던 로트렉은 미국 첩보 당국에 포섭되어 동료들의 정체와 은신처를 발설하고 말지요.

하지만 주인공 이외의 등장인물들과 배경은 원래대로 놔두기 때문에 독자에게 익히 알려져 있는 것과는 전혀 다른 이야기와 감상이 주조되지요. 같은 책을 두번째 읽기 시작한 독자는 기억과 전혀 조응하지 않는 이야기와 감상에 잠시 어리둥절해하겠지만 기억보다 활자를 믿는 게 더 합리적이라고 이내 생각하게 되지요. 반면 처음으로 그 책을 읽은 독자는 자신이 직접 얻어낸 수확물로 다른 이들의 기억을 교정하려 시도할 것입니다. 하지만 그들 역시 머지않아 두번째 독서로 인해 혼란에 빠져들고 말겠지요. 작가와 제목은 같으나 주인공과 이야기가 전혀 다른 이본이 퍼져가면서 독자들 사이에서도 갈등이 격화될 텐데, 같은 책을 반복해서 읽을 때마다 늘어나는 이본의 숫자들을 세다가 결국 빅뱅의 발화점에 다다르겠지요. 독자가 늘어날수록 원본의 고유성과 그것을 쓴 작가의 권위는 반대로 줄어들 뿐만 아니라, 짧게는 수년, 길게는 수세기 동안 끼쳤던 그것들의 영향 역시 어느 순간 완전히 부정되고 말 것입니다. 그렇다면 루소의 책에 의해 시작되었던 프랑스혁명이나 에라스뮈스의 책에서 발아한 르네상스, 히브리어 성서에서 시작된 로마제국의 유산까지도 조만간 역사에서 완전히 사라질 위험에 직면하겠지요. 이런 결과가 바로 그 음험한 서치(書癡)들이 바라는 궁극적인 혁명이었습니다.

제게 맡겨진 역할은, 마치 동방 원정길에 오른 알렉산더처럼, 사방에 쌓여 있는 책들 속으로 다짜고짜 침입해 들어가서는, 때론 운명 위에 안장을 두르고 올라탄 장군의 모습으로, 때론 부조리한 운명에 굴복당한 늙은 보병의 모습으로 주인공들 앞에 나타나되, 결코 그들을 죽이거나 불구로 만들지 않고 그저 비열한 범죄자나 무력한 허무주의자로 전락시켜서, 오랫동안 머물고 있던 책을 떠나 가까운 곳에 놓여 있는 다른 책 속으로 그들을 이동시키고, 새로운 환경과 시대에서 새롭게 이야기를 시작하도록 독려하는 것이었습니다. 알렉산더와 다른 점이라면 제가 통과한 책 속엔 아무런 대리인이나 흔적을 남기지 않았다는 것입니다. 죽은 애마를 묻은 자리에 도시를 세우는 짓 따위는 결코 시도조차 하지 않았습니다.

그러니 저를 납치해 온 혁명가들을 제외하고는 제 정체를 정확히 알아차릴 수 있는 작가나 독자는 거의 없을 것이라고 확신합니다. 소경이 주인공으로 등장하는 책에서 단 한 차례 정체가 드러난 적이 있긴 하지만 그 사건에서 촉발된 이상 징후가 아직까지 발견되지 않는 것으로 보아 그 책은 독자를 만나기 전에 폐기된 것 같습니다. 그 소경이 초인적인 방향감각을 지녔다는 사실을 미처 인지하지 못해 저지른 실수였습니다. 그를 책에서 쫓아내고 잠시 숨을 고르는 사이에 그는 걸어간 길을 정확히 기억하고 원래의 책으로 되돌아왔지요. 그 때문에 두 명의 주인공이 한 권의 책에서 맞서면서 반혁명적인 이야기가 전개되고 말았습니다. 위기를 감지하자마자 저는 모든 등장인물을 지하실에 가두고 잔인하게 고문했지만 끝내 그 소경의 은신처를 발견할 수 없었습니다. 결국 그가 누구의 도움도 받지 않은 채 은신했다는 결론에 수긍할 수밖에 없었지요. 그도 그럴 것이 그 책에선 안개와 물푸레나무가 자주 등장했으니까 그런 기적이 그 소경에게 전혀 불가능했던 것도 아닐 겁니다. 여유가 있었다면 끝까지 추적했을 테지만, 비록 도시 외곽의 헌책방이긴 해도 수천 권의 책이 도리아식 기둥처럼 쌓여 있었고, 비록 천한 신분으로 태어났으나 원래의 책과 꿈속에서 제 운명을 펼쳐보고 싶었기 때문에 머뭇거릴 수는 없었습니다. 납치범들은 이따금씩 제가 올라타 있는 말의 네 다리를 서로 묶어 강제로 쉬게 만들곤 하였습니다.

20. 『사라진 지도』 일부 발췌

인간들은 허기와 추위와 질병에서 살아남았다. 그러나 정치와 철학과 종교에 의해 벌거벗겨진 채 숲으로 내몰리고 말았다. 모든 문명은 숲에서 시작되었지만 문명은 더 이상 숲을 숭배하지 않는다. 숲의 속성은 야만이다. 살모(殺母)의 문명에 저항하는 자들이 그곳에다 수도원을 세웠다. 그들은 권력자들이 자신들을 관리로 임명하지 못하도록 인간의 이름을 버리고 나무의 이름을 빌렸다. 물푸레나무와 자작나무의 뿌리에서 태어난 두 사람이 어느 날 산나물을 찾다가 길을 잃었다. 길이 없는 곳에서 늘 새로운 역사가 시작되었다는 것을 기억한다면 그들의 두려움은 산통(産痛)에 불과하리라—하지만 때때로 광기 어린 우상이 태어나기도 한다—. 탐스러운 열매로 휘움한 무화과나무는 그들이 발견하기 전에 먼저 그들을 발견하고 다가왔다. 허기진 자가 탐스러운 열쇠를 따내자마자 둥근 언덕이 서서히 무너져 내리더니 돌로 쌓아 올린 계단이 드러났다. 그들은 어둠 속으로 빨려들어 갔는데 넘어지지 않기 위해 사지를 흔드는 모습이 마치 위대한 탐험가의 걸음걸이처럼 보였을 수도 있겠다. 거대한 원형의 방으로 들어서는 순간 사위가 낮처럼 밝아졌다. 그곳의 주인은 금관을 쓰고 칼을 찬 채 석관 안에 누워 있고 코린트식 기둥 같은 종이 두루마리 하나가 그 옆에 놓였다—도리아식이나 이오니아식 기둥을 닮았다면 몇 세기 동안 변증의 과정을 거쳐야 하므로 결코 죽은 자는 평온할 수 없었을 것이다—. 그것은 너무나 크고 무거워서 한꺼번에 다 펼쳐볼 수는 없었다. 끝부분을 끌어당겨 겨우 조금 들여다본 뒤에 둘 중 키가 더 큰 자는 그것이 종(種)의 역사를 기록해놓은 계통수(系統樹)라고 주장했다. 그러나 무화과를 들고 있는 이의 생각은 달랐다. 그것이 기하학적 공리의 필수불가결함을 증명하기 위한 기호들로 가득 차 있다는 것이다. 한때 명망 있

103

는 학자로 존경받았던 그들은 침묵의 맹세조차 잊고 맹렬한 설전을 벌였다. 빛나는 금관과 근엄 어린 칼에는 결코 현혹되지 않았으므로 그들의 파계 행위를 낙원 추방의 이유로 인용해서는 안 된다. 오랜 격론 끝에 그들은 그것이 지도의 일부라는 데 동의했다. 미라를 완성한 샤먼은 죽은 자가 명계에서 길을 잃지 않도록 그런 걸 만들어 축원하였을 것이다. 기둥은 생명의 나무이자 신성한 자의 결코 파괴되지 않는 정신을 상징한다— 그러나 왕관과 칼은 죽은 자의 번뇌를 각인시키고 있다—. 영원 재귀하는 역사에서 완벽하게 절연되기를 바랐던 최초의 발견자들은 원형의 방을 빈손으로 빠져나오면서 자신들의 발자국까지 지웠다. 입구이자 출구를 나서는 순간 흙더미는 다시 도도록해지고 무화과나무가 사라진 자리에 고사리 군락이 덮였다. 그들은 죽을 때까지 비밀을 지켜낸 대가로 숲의 정령이 되었다고 전한다. 그러나 금강석으로 만들어진 댓돌도 호기심 많은 낙숫물의 인내에는 광물적 한계를 드러내 보이는 법, 그 무덤은 문화혁명을 끝낸 중국에서 우연히 발견되었다. 서남아시아식 건축물이 중국의 사막 한가운데에서 발견되었다는 사실은 역사가 늘 합목적(合目的) 이성으로만 이끌리지 않는다는 증거이다—아울러 중국이 인류에게 오랫동안 숲과 같은 존재였다는 주장도 가능하다—. 정치적 편향성을 띤 고고학자들이 흉포한 기계를 앞세워 원형의 방으로 들어섰을 때 사위는 저절로 밝아지지 않았다. 창백한 전짓불 속에서 빛나는 금관과 근엄 어린 칼은 발견되었으나 종이 두루마리는 없었다. 미라의 가슴께에 우표 크기의 종이가 붙어 있었을 뿐이다—수천 년 동안 단 한 차례의 도굴이 시도되었던 것은 분명하다. 그러나 원형의 방을 훼손하지 않고 코린트식 기둥 같은 종이 두루마리를 밖으로 끌고 나가는 건 불가능하다—. 발굴에 참여한 학자들은 그 지도를 방마탄지(放馬灘紙)[5]라고 불렀다. 그들은 그것이 어느 지역을 표시하고 있는지 도무지 해독해낼 수 없었는데, 기하학적 기호들이 조금 남아 있는 종이를 두고 성급하게 지도라고 단정 지은 데에는 메소포타미아문명에 대한 콤플렉스가 무의식적으로 작용했던 것 같다. 이로써 종이를 최초로 만들어냈다는 환관의 이름은 욕되고 말았지만 대부분의 중국인들은 역사의 잃어버린 고리를 되찾게 되어 기쁘기 한량없었다.

중국의 관리들은 적도를 중심으로 자신의 나라와 대칭되는 곳에서 최근까지 살았던 소경 하나를 의심하기 시작했다. 비록 그가 도굴에 참여했거나 도굴범의 후손은 아니라고 하더라도 세상의 모든 도서관을 자유롭게 출입할 수 있었기 때문에 그 지도와 관련된 기록물을 어디선가 읽었으리라 확신한다.[6] 그가 스스로 소경이 된 것은, 성프란체스코가 자신의 육체에서 혀를

5   이 지도는 1986년 감숙성(甘肅省) 천수시 방마탄의 한묘(漢墓)에서 출토되었는데 그곳의 이름을 따 방마탄지라 일컬어진다. 전한시대(前漢時代)의 문제(文帝)~경제(景帝)(AD. 180~AD. 142) 때 만들어진 것으로 추정되며 현재 감숙성 문물고고연구소에 소장되어 있다.

없앤 행동과 더불어, 인류 공동의 몫이어야 할 진리를 부당하게 독점하여 권력으로 부리려는 이기심에서 비롯되었다고 의심했다. 윤회설을 신봉하는 중국인들은 자신들의 역사와 관련된 것들이라면 백인들의 사적 기억조차 돌려받아야 한다고 주장한다—그들은 모든 생명이 하나의 숲에 대한 공통의 기억을 지니고 태어난다고 믿는다—. 그 노회한 소경이 중국이라는 숲에 열광하고 동경하면서도 정작 자신들에게 유리한 진술만큼은 교묘하게 회피하고 있다고 확신한 중국의 서지학자들은 노르웨이 왕립 아카데미에 허위로 작성된 그의 사망 신고서를 보내어 복수를 한다—기자: 노벨상 선정 위원회는 왜 아직까지도 당신의 이름을 지목하지 않는 걸까요? 소경: 그들에겐 망령을 경시하는 전통이 있는 모양입니다—. 포클랜드전쟁에서 얻은 값비싼 교훈을 폐기시키지 않기 위해서 아르헨티나 정부는 이 소경이 갇힌 카프카적 상황을 묵과하지 않을 수 없었다. 살아 있는 그의 서재에서 미발표 원고를 훔쳐 유고집을 완성하고 각국의 번역가들을 부에노스아이레스로 초대하여 그의 죽음을 공표하기에 이른다. 스위스 여행 중에 이 소식을 전해 들은 소경은 신변에 위기감을 느끼고 망명을 신청했지만 죽은 자라는 이유로 거절당한다. 그래서 그는 자신의 살아 있는

---

6   대부분의 생을 부에노스아이레스에서 보낸 그를 두고 어떤 철학자는 천 개의 고원을 넘어 포스트모더니즘의 실크로드를 개척한 유목민이라고 평가한다. 잃어버린 양 한 마리를 쫓아 벌이는 지적 여행이 노마디즘Nomadism이다.

육신을 증명하기 위해 간암에 걸려야 했다. 의사의 의학적 소견보다 일찍 찾아온 그의 죽음에는 중국 정부와의 외교적 마찰을 꺼린 아르헨티나 정부의 책임이 크다는 소문이 오랫동안 떠돌았다. 중국 정부는 그 지도를 해독하느라 낭비했던 시간들을 은폐하기 위해 그것의 발견 시점을 그 소경이 죽은 날보다 두 달 앞당겼다.

그 소경의 전기를 준비하느라 아르헨티나에서 1년 넘게 체류한 번역가가 귀국한 뒤에야 비로소 나는 그 소경의 유고집을 읽을 수 있었다. 일전에 어디선가 읽은 게 분명했으나 출전을 찾는 데 실패한 나는 내가 읽은 문장이 책에서 휘발해버리는 것을 경계하여 수첩에 옮겨 적었다. 하지만 이내 그만두고 말았는데, 소경이 구술한 이야기는 그것을 문자로 받아 적는 자의 지적 수준과 언어적 재능에 따라 얼마든지 왜곡될 수 있기 때문에, 내가 그의 음성을 직접 듣고 기록하지 않는 한 내가 읽은 것들은 모조리 거짓이거나 엉터리일 수 있다는 두려움과 허망함에 사로잡혔기 때문이다. 그래서 다음 문장을 지워버렸다.

"그 왕국에서 지도술(地圖術)은 너무도 완벽한 수준에 이르러 한 도(道)의 지도는 한 시(市) 전체를 담고 있었고, 한 왕국의 지도는 한 도 전체를 담고 있었다. 늙은 왕은 장남에게 왕위를 물려주기에 앞서 자신의 왕국과 일치하는 지도를 만들었다. 그러고는 별궁에 머물면서 지도 위를 산책하는 것으로 소일하였다. 용맹하고 현명한, 새로운 왕은 거의 매일같이 영토를 넓

혀갔기 때문에 지도학교의 학자들은 그때마다 지도를 수정해야 했고 자연히 볼멘소리가 새어 나왔다. 선왕 역시 새로운 지도로의 교체가 마뜩잖던 참에 새로운 왕은 정복의 야심을 포기하는 대신 지도학교를 폐교하기로 결정한다. 지도학교의 학자들은 이웃 나라로 도망쳤다. 어느 날 선왕이 산책을 하려고 지도를 펼쳤다가 그 위에 아무런 기호도 남아 있지 않은 걸 발견한다. 불길함에 사로잡힌 그가 궁전에 도착하였을 땐 이미 그곳은 파괴되어 있었고 왕은 홀로 비탄에 잠겨 있었다. 그가 울면서 전하는 사연인즉슨 이렇다. 매일 새로운 지도를 만드는데 넌더리가 난 지도학교의 학자들은 평면의 종이 대신 구슬 위에 지도를 그리는 방법을 고안해내었다. 그런데 실수로 누군가 축척을 잘못 적용하는 바람에 지도는 왜곡되고 말았고 그 지도를 따라 원정길에 나선 왕은 병사들에게 오늘 아침에 자신의 궁전을 공격하라는 명령을 내렸다는 것이다."[7]

그러나 완벽하게 지워진 것은 아니어서 가끔 수첩의 그 페이지를 읽어 내려갈 때면 나는 혼란 속에서 길을 잃곤 한다—내 필체가 아닌 문자들이 발견되는 게 아닌가—. 그 뒤로 우연찮게 나는 3대째 고서점을 운영하고 있다는 노인에게서 다음과 같은 이야기를 들었다.

7   보르헤스, 「과학에 대한 열정」, 『칼잡이의 이야기』, 황병하 옮김, 민음사, 1997, p. 67.

"세상의 모든 종이는, 또는 양들의 어떤 가죽도 타블라 라사
tabula rasa[8]가 결코 아니라네."

21. 베른조약

"저작권이 보호되지 않는 사회에선 결코 괴테나 도스토옙스
키가 태어날 수 없어요. 지하자원이 넉넉잖은 나라에선 지적
자원이라도 국민들이 마음껏 채굴하여 판매할 수 있도록 법률
서비스를 지원해야 합니다. 그래서 저희 회사는 늘 무거운 사
명감을 느끼지요."

Q는 바른손에 쥐고 있던 포크를 뻗어 변호사의 혀를 찌를 뻔
하였다. 그는 헌법이 보장한 자유민주주의를 자본주의로 혼동
하는 게 분명했다. 아니면 자유민주주의라는 단어를 간단히 줄
인 말이 자본주의라고 생각하고 있거나. 식도락에 열광하는 미
뢰들을 하나씩 터뜨리면서 미각이 자본주의를 어떻게 괴물로
길러냈는지 깨닫게 해주고 싶었다. 하지만 잘 벼린 명함에 혀
가 잘린 Q는 크림스파게티와 「마태 수난곡」을 함께 입안에 우

---

8   글자가 적혀 있지 않은 서판(書板). (마음 등의) 백지 상태, 순결한 마음. 로크
는 환경과의 상호작용을 통하여 백지와도 같은 인간의 영혼이 채워진다고 생각
했다. 그러나 21세기에서 생명공학자들은 유전자 속에 운명이 미리 적혀 있다고
주장한다.

물거리면서 굴욕을 견뎌내는 수밖에 없었다. 하긴 죽은 지 2백여 년이 훨씬 지난 지금까지도 여전히 신성을 지켜내고 있는 바흐 역시 고작 사후 50년간의 저작권만을 인정하는 베른조약을 탐탁히 여기진 않으리라. 하지만 바흐의 세례를 받지 않은 음악가가 단 한 명도 없기 때문에, 만약 수많은 바흐의 방계 자손이 합세하여 전 인류를 대상으로 저작권 소송을 벌여 독점권을 인정받게 된다면, 음악은 근친교배의 악순환 속에서 필멸할 것이라는 비관론에도 일리는 있다. 바흐가 한 사람이 아니라 세바스찬 가문의 여러 사람이거나, 아니면 그 시절의 음악가를 지칭하던 보통명사였다는 주장은 이미 많은 지지자를 확보하였다—수많은 괴테와 도스토옙스키 들이 모여서 각각 한 시대를 완성하였다는 증거들도 첨부되었다—. Q 역시 인류 전체가 운영하는 박물관의 소장품을 개인이나 국가에게 양도하는 판결에는 반대한다. 그리고 수많은 마르크스와 트로츠키 들 역시 인류 유산 목록에 포함시키자고 제안한다. 그리하여 한때 사회과학서 시리즈로 유명세를 누리던 H출판사가 저작권법 시행 이후 영세 인쇄소로 추락해버린 비극을 치유받고 싶었다.

"하지만 이번처럼 미증유의 소송에서 솔직히 저희도 결과를 낙관할 순 없습니다. 그저 H출판사의 전폭적인 도움 아래 최선을 다하는 수밖에. 만약 재판부가 개인의 꿈을 인류 전체의 공동재산으로 몰수하게 된다면 이는 곧 자유민주주의의 사망을 선고하는 것과 같을 테니까요. 후폭풍을 걱정해서라도 법원이

상식적 판결을 선고하리라고 믿는 거죠."

변호사는 또다시 자유민주주의와 자본주의를 혼동했다. H출판사 사장과 Q는 꿈의 내용을 그대로 책에 옮기더라도 그 작업은 엄연히 신성한 창작 활동이자 노동이기 때문에 작가의 재능과 수고는 정당하게 보상받아야 한다는 데 이견이 없다. 다만 H출판사 사장은 모든 권리가 작가에게 귀속된다고 주장하는 반면 Q는 그 일부만을 인정해야 한다고 맞섰다. 꿈이 무의식의 산물이고 현생 인류가 동일한 무의식의 지배를 받고 있는 한, 그리고 꿈의 내용을 과학적 영상 장치로 재현할 기술이 개발되지 않는 한, 완벽하게 격리된 시공간에서 작가와 똑같은 꿈을 꾼 독자―또 다른 작가이자 원고(原告)―의 존재와 꿈을 완벽하게 탁본한 책의 가능성을 완전히 배척할 수는 없지 않을까. 베른조약서조차 작가와 독자를 모호하게 규정하고 있을 뿐만 아니라 혼성 인용과 재배치의 방법을 창작의 그것에 포함시키지 않고 있다. 판사 앞에서 꿈의 속성을 설명하는 데 변호사의 무른 혀보단 과학자의 딱딱한 뇌가 더 유용하지 않을까. 하지만 바흐까지 동원된 식사 자리는 H출판사 사장이 변호사를 격려하기 위해 마련되었으므로, Q의 견해가 전혀 개입되지 않은 우호적인 분위기에서 마무리되어야 했다. 선물까지 건네고 백주의 주검이 담긴 관을 집어 들었을 때, 자본주의는 전염병이 아니라 무의식이라는 생각으로 Q는 섬뜩해졌다.

술기운에 불콰해진 H출판사 사장은 변호사가 자리를 뜬 뒤

111

에도 한참 동안 흥분을 누르지 못했다. 이미 책을 20만 권이나 팔아 치운 시점에서 갑자기 터진 표절 시비는 독자의 호기심을 자극했다. 출판사의 네거티브 마케팅이라는 비판조차 판매량을 줄이지 못했다. 『카니발에서 칼을 삼키는 알비노』의 작가는 베일에 가려져 있었기 때문에 H출판사 사장만이 파리스의 사과를 쥐고 있었건만 그는 모르쇠로 일관하였다. 설상가상으로 평론가와 정신분석학자 들의 감정서가 첨부되면서 진실은 괴물들의 발명품으로 호도되기 시작했다.

"판사가 관심을 갖는 건 진실을 규명하는 방법뿐이지. 그 정련의 과정에서 권력이 생겨나는 것이라고. 정작 우리는 황금이 아니라 그것을 뽑아내는 수은을 얻기 위해 투쟁했던 거야."

Q는 어금니 사이에 낀 이물감을 혀로 뽑아내느라 사장의 이야기 중 마지막만 겨우 들을 수 있었다. 헤시오도스의 철의 시대마저 끝나고 수은의 시대가 왔는가. 금속이면서도 액체 상태로 존재하는 역설. 내부의 정체를 결정하는 것은 외부의 조건이며, 진실과 거짓을 구분하는 도구는 동전뿐이다. 설령 재판부가 표절 판결을 내리더라도 비난은 출판사보다 익명의 작가에게 집중될 것이고, 어차피 익명 뒤에 숨어 있는 작가는 또 다른 이름으로 책을 써내면 그만이다. H출판사 사장은 표절 소송의 전모를 기록한 르포르타주를 준비하고 있다. Q는 서너 달 밀린 인세가 영혼을 맑고 단단하게 만들어주던 시절이 벌써 그립다. 국제영화제 수상으로 세계적인 명성을 지니게 된 영화감

독이 텔레비전 프로그램에 출연해서 그 책에 대해 언급하지만 않았더라도 Q의 비극은 헌책방의 선반에서 대형 서점의 진열대로 옮겨지지 않았을 것이다. 어느 날 저녁 국거리처럼 H출판사 사장이 검은 봉투에 담아 건넨 소설 원고—정확히 말하자면 녹음테이프—를 출판하기 직전에 그것의 원작자를 만나 저녁 식사라도 함께했다면 작금의 소란을 비껴갈 수도 있었을 테지만 사장은 끝까지 작가의 정체를 알려주지 않았다. 그것은 군사독재 시절부터 필자들의 안위와 생계를 책임져주기 위한 전통이었으므로 Q는 더 이상 추궁하지 않았던 것인데 시대착오적 안일함이 화근이 되고 말았다. 하긴 그땐 빚을 갚는 일이라면 무엇이든 해야 할 만큼 Q에겐 어려운 시기였으므로, 지금보다 더 절망적인 선택을 했을 수도 있다.

22. 책 한 권에 등가(等價)하는 사물: 『라만차의 돈키호테』
(23유로, 920페이지, 2004년 11월 출간, Espasa 출판사)

[감자 16킬로그램] 잉카제국의 약탈자들을 따라 유럽에 도착한 감자는 성서에 기록되어 있지 않다는 이유로 악마의 식물로 간주되었다. 산업혁명 이후 소고기 소비를 늘린 영국인들을 위해 아일랜드는 경작지를 목초지로 바꾸고 소를 길러야 했다. 좁은 밭에서도 많은 소출을 낼 수 있는 감자는 아일랜드인의

주식이 되었다. 하지만 아일랜드 전역에 감자 역병이 돌면서 아일랜드인들이 굶어 죽기 시작했는데도 영국인들은 아일랜드인들이 게을러진 이유가 감자 때문이라 여기고 인도적 지원을 머뭇거렸다. 견디다 못한 아일랜드인들은 목관과도 같은 배를 타고 대서양을 건너 신대륙으로 갔다. 거기서 감자를 심고 미국인이 되었다. 제2차 세계대전 이후 감자튀김은 유럽을 점령하였으며 더 이상 영국인들의 비정함과 아일랜드인들의 억척스러움을 상기시키지 않았다.

[담배 5갑] 돈키호테는 산초 판자에게 '포토시Potosi만큼 값어치가 있다'라는 표현을 썼다. 볼리비아의 포토시에서 채굴된 은괴는 유럽을 한동안 천국으로 만들었다. 하지만 은의 가치가 하락하면서 더 이상 포토시는 영광을 회복하지 못했다. 그래도 여전히 포토시의 빈민들은 은을 캐기 위해 갱도로 들어간다. 은광 체험을 신청한 관광객들은 광부들을 위해 코카잎과 담배, 독주를 따로 준비해야 하는데, 광부들은 코카잎과 독주는 그 자리에서 소비하고 담배는 고스란히 지상으로 들고 나와 도매상에게 판다. 더 이상 은광석이 발견되지 않는 갱도에서 그들은 담배를 채굴하여 생계를 유지하는 것이다. 광부들 사이에서 '담배 한 개비를 건네다'라는 표현은 대지의 신 파차마마Pachamama가 저주를 내린 갱도의 입구를 다이너마이트로 폐쇄하도록 제안한다는 뜻이다. 역대의 독재자들은 군인들을 통제하기 위해 월급과 함께 담배를 지급했다.

[맥주 30병] 맥주에 강제로 부과되는 공병 보증금 덕분에, 맥주 서른 병을 모두 비우고 빈 병을 마트에 가져다주면 맥주 여덟 병을 살 수 있다. 계산상으로는 열 병을 살 수 있지만 공병 보증금을 지불해야 하기 때문에 두 병이 빠진다. 여덟 병을 다 마시고 빈 병을 가져다주면 두 병을 살 수 있다. 두 개의 빈 병을 가져다줘봤자 맥주 한 병도 살 수 없기 때문에, 두 개의 빈 병은 마트로 회수되지 않고 집 근처에 버려진다. 적어도 세 개의 빈 병이 있어야 맥주 한 병을 살 수 있다. 그렇다고 쓰레기 통을 뒤져 모자란 빈 병 하나를 찾느라 취기를 망칠 수도 없는 노릇이니, 이것이 공병 보증금의 역설이다.

[건전지 24개] 세상에서 돈 다음으로 쓸모가 있는 물건이 있다면 건전지일 것이다. 그것은 엄격한 국제 규격에 따라 제작되기 때문에 어느 국가에서도 그곳의 전력 규격에 괘념치 않고 사용할 수 있다. 탁상시계에서 면도기, 아이들의 장난감, 라디오, 랜턴, 텔레비전 리모컨, 인공 심장, 카메라, 휴대용 전열기처럼 건전지 교체가 필요한 물건을 단 한 가지라도 배치해두지 않은 집은 거의 없다. 그러니 완전히 충전된 건전지를 몸에 지니고 있는 동안만큼은 쓸모 있는 인간으로 환영받을 가능성이 높다.

[세비아에서 말라가까지의 일반석 기차 요금] 어떤 책은 너무 형편없어서, 또는 어떤 풍경은 너무 환상적이어서, 책 한 권을 읽는 것보다 차창을 오래 들여다보는 게 영혼의 안식에 더 유

리할 수 있다. 책은 왼쪽에서 오른쪽으로, 위에서 아래로, 앞에서 뒤로 읽는 데 반해—속독법을 배운 자들은 문장으로 읽지 않고 한 페이지를 하나의 이미지로 받아들이는데, 페이지 순서대로 읽는 것만큼은 분명하다—차창의 풍경들은 뒤에서 앞으로, 아래에서 위로, 오른쪽에서 왼쪽으로 읽는다.

[디젤 23리터] 디젤은 엄연히 석유지만 불씨에 닿아도 상온에서 쉽게 타오르지 않는다. 그러니 디젤로는 방을 밝히거나 고기를 굽거나 물을 데울 수 없다. 디젤을 태우려면 특별한 장치가 필요한데, 그게 엔진이다. 엔진을 돌려 전기를 만들고 자동차를 움직이고 펌프를 작동시킨다. 그래서 디젤은 정적인 재료가 결코 아니라고 말할 수 있다. 또한 휘발하는 성질 때문에 시간이 지날수록 쓸모는 줄어든다. 독서도 그렇다. 쉽게 시작할 수 없지만 일단 정상 작동하면 영혼은 제자리에 머물 수가 없다. 독서가 멈추면 그동안 관통해온 이야기와 풍경과 인상이 점점 줄어들더니 하나의 덩어리 속에 담긴다. 그것이 에너지다.

[다이아몬드 190분의 1캐럿] 나무에서 종이를 만들고 그 종이로 책 한 권을 엮어서 독자에게 배달하기까지 0.4킬로그램의 이산화탄소가 발생한다.[9] 탄소 포집 및 저장 기술Carbon Capture and Storage(CCS)이 실용화되면 각종 생산 시설이나 일상생활에

---

9   원료 및 생산 단계에서 0.38킬로그램, 수송 및 유통 단계에서 0.02킬로그램이 발생한다(『녹색성장을 위한 전자책 시장 활성화 방안』, 정보통신정책연구원, 2010년 11월).

서 발생하는 이산화탄소를 한곳으로 포집하고 그것에서 순수한 탄소를 분리해낼 수 있다. 이것에 고압을 가하면 인공 다이아몬드가 태어난다. 현재는 인공 다이아몬드를 만드는 비용이 책을 만드는 비용보다 훨씬 많이 소요되기 때문에 책을 만드는 일이 인공 다이아몬드를 만드는 일보다 더 선호되지만, 향후 기술의 발달로 채산성이 높아질 경우 출판사의 일부는 인공 다이아몬드 제조 공장으로 바뀔 수도 있다. 헌책방이 다이아몬드 공장에 원료를 제공하는 역할을 할 미래가 머지않다.

[대학 등록금의 30분의 1] 책 서른 권을 읽는다고 해서 대학을 졸업할 수 있을 만큼의 자격을 얻게 되는 것은 아니다. 도서관 이외에도 여러 가지 시설을 갖춰놓고 대학은 젊은이들을 포섭한다. 그런 면에서 그곳은 플라톤의 철학을 따른다. 책은 가공하지 않은 식재료일 뿐이고, 그걸 요리하고 다른 이에게 대접하는 방법은 무궁무진하다. 독서뿐만 아니라 토론과 묵상, 실험 등도 중요한 교육 방법이다. 만약 책 서른 권쯤 읽는 것으로 충분히 지식과 경험을 얻을 수 있다고 판단된다면, 굳이 대학에 입학하여 내키지 않는 커리큘럼을 해치우느라 고통받을 필요는 없다. 그런 대학은 종신 교수들의 안락한 직장일 따름이고 학생들은 그들의 연간 소출물에 불과하다. 기회비용이 크지 않다면 동시대의 위선과 위악을 파악한다는 목적에서 몇몇 교수의 수업에 참여해보는 것도 나쁘지 않다.

[인터넷 20일 사용] 오해하지 말아야 할 게, 아직까지도 인터

넷으로 접근할 수 있는 정보보다 책에서 얻어낼 수 있는 그것이 훨씬 많다는 사실이다. 개인의 입장에서 보면 인터넷은 개인의 인식 가능한 세계를 크게 확장해주었지만, 인류 전체의 입장에서 보면 인터넷은 인류가 자유롭게 드나들던 세계를 오히려 축소시켰다. 출처를 알 수 없고, 반복해서 양산되고, 권위자들을 무력하게 만드는 정보를 검증하고 걸러내느라 인간은 너무 많은 시간과 정력을 소비하고 있다. 1969년에 아폴로 11호가 달 표면에 내린 이후로 아직까지 인간은 화성 표면에 착륙하지 못했다. 1977년에 출발한 보이저 1호가 태양계를 벗어나는 데 36년이 걸렸고 그 뒤로 후속 프로젝트는 진행되지 않고 있다.

[시외 1인용 아파트 월세 평균의 20분의 1] 의식주가 해결되면 인간의 영혼은 타락하기 시작한다는 문장을 어느 책에선가 읽은 적이 있던가. 의식주 중에서 인간의 영혼에 가장 불필요한 것은 당연히 의복이다. 인간을 몸과 영혼으로 나눌 수 있다면 당연히 음식과 집은 몸에 직접 작용하여 영혼을 길들인다. 음식과 집이 영혼에 이르는 방법을 굳이 구분하자면, 음식은 영양을 다스리는 반면 집은 습관을 주관한다. 일터와 숙소가 멀어지면 당연히 몸은 고단해지겠지만 독서와 사유의 시간이 길어지는 이점을 누릴 수 있다. 게다가 출퇴근 길에 만나는 사람들에게서 삶의 비밀을 발견하기도 한다. 외곽에 살수록 긍정적인 인간이 된다는 문장을 어디선가 읽은 적이 있는 것 같다. 아

니면 그런 문장을 곧 읽을 수 있게 될 것이다.

[라운드 티셔츠 1장] 한 장의 라운드 티셔츠로 이베리아 남부에서 여름을 나야 한다면 이런 문장이 티셔츠 앞에 인쇄되어 있으면 더할 나위 없겠다. Cerveza, una más, por favor!—맥주, 한 병 더, 제기랄!—술기운이 깰 때쯤이면 화장실 세면대에서 티셔츠를 빨고 물기를 꼭 짜서 입은 채로 말려서 이틀 정도의 죽음을 또 멀쩡하게 견뎌내는 것이다.

[카푸치노 15잔] 여행지에서 홀로 마시는 커피는, 마실 수 있는 책이다—터키 사람들은 커피잔 아래 남은 찌꺼기의 무늬로 운명을 점친다—. 에스프레소는 시집이다. 카푸치노나 카페라테는 소설책이다. 아메리카노는 에세이이다. 철학책은 아이리시 커피다.

[스마트폰 평균 가격의 40분의 1] 인간이 능히 수행할 수 없는 기능까지 탑재되었다고 한들 전파가 잡히지 않거나 배터리가 방전되면 무용지물이다. 기계의 도움 때문에 인간의 능력이 퇴화해간다면, 악마에게 천사의 양육을 맡기는 꼴이다. 기억력과 시력과 청력과 사고력과 상상력과 체력과 윤리와 신앙심과 사랑을 잃고 우리는 그 기계를 통해 뭘 더 얻을 수 있을까.

23. 완성되지 않고 시작만 하는 혁명

이쯤 해서 당신은 혁명이 성공했는지 묻고 싶어지셨겠죠? 하지만 혁명이 그렇게 쉽게 성공할 수 없다는 사실을 당신도 잘 아시잖아요? 어쩌면 어떤 행위를 혁명이라고 명명하는 순간 그것은 이미 실패를 내포하게 되는지도 모르겠습니다. 인간은, 그리고 인간이 창조해낸 책 속의 인물들까지도, 자신에게 익숙한 환경과 조건을 누군가에 의해 강제적으로 바꿔야 하는 상황을 환영하지 않으니까요. 이런 성향은 진화의 방향과도 연관이 있을 겁니다.

그들이 사라진 뒤에도 세상은 여전히 똑같은 구조와 논리로 유지되고 있는 걸로 보아 혁명은 실패한 게 맞을 겁니다. 하지만 처음부터 끝까지 모두 실패한 것은 결코 아닙니다. 그리고 혁명의 결과를 확인하려면 좀더 지켜봐야 할 수도 있습니다. 혁명의 거처는 현재가 아니라 미래니까요. 미래는 국부적인 시공간에서 시작되었다가 어느 순간 전체로 확산됩니다. 일단 확산을 시작하면 아무도 막을 수가 없습니다. 이는 고급 치즈를 만들어내는 원리와 같습니다. 원료 안에 종균을 안착시키는 과정이 어렵지, 그것이 일단 자리를 잡고 나면 원료 공급이 끊기지 않는 한 스스로의 생명력으로 존재를 확대해가지요. 뛰어난 품질을 유지하려면 새것과 오래된 것을 의도적으로 단절시키려는 노력이 필요합니다. 인간과 세계도 마찬가지입니다.

그들 사이에 완성되는 혁명은 없고, 그저 시작하는 혁명만이 있을 뿐이죠. 그래서 적어도 그 헌책방 안에서만큼은 혁명을 성공적으로 시작했다고 말하고 싶습니다. 작가와 독자, 그리고 책의 등장인물이 지니고 있던 모든 권위는 부정되었고 그들을 격리시키던 시공간은 무너져 뒤섞였습니다. 이야기는 무한히 증식하여 어느 곳에서 시작하여도 언제나 같은 곳으로 돌아올 수 있었습니다. 책 속에 등장하는 자들은 작가가 부여한 역할의 경중과 상관없이 자신의 삶을 독자적으로 살 수 있게 되었을 뿐만 아니라 언제든지 자신의 이야기로 전체의 이야기를 시작하거나 끝낼 수도 있었습니다. 시공간 안에 박제되어 있는 자는 단 한 명도 없었으니, 출발지와 목적지 따위엔 관심이 없고 오로지 움직이는 무엇과 변화의 과정에만 열광하던 혁명가들에게 월계관을 건넬 수도 있었습니다.

그 정도의 성공에 우리가 모두—지금 제가 납치범들과 저를 한통속으로 묶어서 말을 했군요. 같은 죄를 공유하였으니 저와 납치범들을 더 이상 분리할 수 없을 것 같다는 생각이 듭니다. 기독교에서 인간을 원죄로 묶어 하나의 운명 공동체로 상정하였듯이—만족했다면 지금 어땠을까요? 그렇다면 우린 실패에 대해 말하지 않을 수도 있을 것입니다. 그리고 언제든지 다시 혁명을 시작할 수 있다고 큰소리치며 거리를 활보했겠지요. 하지만 우린 그 헌책방 밖에 얼마나 많은 서점과 도서관이 존재하는지 잘 알고 있었습니다. 그리고 그곳에 보관되어 있는 책들이 얼마나 훌륭한 상태로 관리되고 있으며 얼마나 많은 작가와 독자에게 영향을 끼치고 있는지도 잘 알고 있었습니다. 그런 곳에서 혁명을 시작해야 비로소 우리의 성취감에 대단한 의미를 부여할 수 있을 것 같았습니다. 이는 유럽의 배꼽이었던 프랑스와 문명의 뒤란이었던 아이티에서 일어난 혁명에 대한 평가가 다른 이유와 같습니다—아이티의 위치를 지도에서 찾아내진 못해도 파리의 에펠탑과 몽마르트 언덕에 대해 추억을 지닌 독자들은 많을 것입니다—. 그러니 결코 혁명의 불길을 헌책방 안에서만 머물게 할 수는 없었습니다. 이런 허황된 욕망 역시 진화의 결과라고 이해해주신다면 제 마음이 조금 가벼워질 수 있겠군요.

그래서 저는 헌책방 점원이 도서관 사서가 되기 위해 면접을 보는 사이 그의 가방 속에서 빠져나와 그 도서관으로 숨어들었지요. 도시의 한복판에 위치한 그곳은 5층 높이의 건물로 10세기 이후부터 현재까지 발간된 수십만 권의 책을 소장하고 있었습니다. 게다가 책을 찾아 사다리를 오르내리는 독자들의 발소리 때문에 건물이 흔들릴 정도였습니다. 끊임없이 이어지는 소음과 진동은 출발지와 목적지 따위엔 관심이 없고 오로지 움직이는 무엇과 변화의 과정에만 열광하던 혁명가들에게 확신을 심어주기 충분했습니다. 틈입해서 주인공들을 옮겨놓아야 할 책들의 규모에 잠시 숨이 막히고 몸이 오그라들었지만 저 역시 신열을 느낀 게 사실입니다.

머뭇거리지 않고 저는 곧바로 임무를 시작했지요. 하지만 당신의 예상대로 처절하게 실패를 거듭했습니다. 중과부적이었다고 비굴하게 변명하고 싶진 않습니다. 습도와 온도와 조도가 컴퓨터로 완벽하게 제어되고, 화기에 과민한 방재(防災) 장치들과 도난을 예방하는 경보장치들이 곳곳에 설치되어 있으며, 주기적으로 방제(防除) 작업과 보수 작업이 진행되는 곳에서 안락하게 살아가고 있는 책들과 그 안의 주인공들이 껄끄러운 혁명을 결코 반기지 않을 것은 불 보듯 뻔했습니다. 그들을 혁명에 동참시키려면 낙원에서 매일 똑같은 일을 반복해야 하는 자들의 혀끝이나 눈꺼풀 위에 쌓이는 권태를 자극해야 했습니다. 그래서 저는 서두르지 않았습니다. 저야 펄펄 끓고 있는 꿈속에 잠시 심신을 담갔다 꺼내는 행위만으로도 생의 의지를 언제든지 회복할 수 있었으니까 상대의 숫자 따월 겁낼 이유는 전혀 없었습니다. 나름대로는 성공적으로 혁명을 시작했다고 자위하는 순간도 잠시, 전혀 예상치 못한 사건 때문에 혁명은 중단되고 말았습니다. 지금부터는 그 이야기를 해드리죠. 이건 책의 미래와도 관련된 이야기가 될 수도 있습니다.

24. 노아의 도서관

문자와 책의 재료를 특권층이 독점하던 시절에는 세상의 모든 책을 소장하고 있는 도서관이 존재할 수 있었다. 하지만 문자가 보급되고 책의 재료들이 다양해지면서, 또한 책을 만드는 방법마저 쉬워졌을 뿐만 아니라 이전 시대에서는 경험하지 못한 진귀한 사건들이 연쇄적으로 일어나면서, 사람들은 각자의 목적과 방법에 따라 다양한 책들을 만들기 시작했다. 왕이나 교황은 출판을 앞둔 원고들을 일일이 검열하고 교정하는 작업이 힘에 부치자 대리인을 지명했는데, 작가나 출판업자가 건넨 뇌물에 매혹당한 나머지 그들은 원고를 읽지도 않은 채 출판을 승인하였기 때문에 책은 기하급수적으로 늘어났고 이교도들이 출판한 책조차 왕과 교황의 보호를 받게 되었다. 수상한 책들은 도서관으로 보내지지 않고 귀족이나 상인의 개인 서재나 창고 속에 보관되었다. 수년 동안 전쟁이나 가뭄, 기근과 역병이 없었는데도 숲은 급격히 줄어들었고, 그 이유가 밝혀졌을 땐 이미 세금이나 종교재판, 전쟁으로는 책의 보급을 억제할 수 없는 지경에 이르러 있었다. 더 이상 세상의 모든 책을 소장한 도서관은 존재할 수 없게 되었으나 사람들의 독서량은 오히려 크게 늘어났다. 너무 많은 책을 읽은 나머지 꿈과 현실, 국경과 성별, 종교와 생사를 구별하지 못한 채 이런저런 사고를 일으키는 서치가 역사 곳곳에 끊임없이 등장하였다. 책은 인간을 오만하게 만들었을 뿐만 아니라 무기력하게도 만들었다. 책을 읽을수록 세계는 더욱 불어나고 역사는 더욱 복잡해지는 데 반해, 인간의 삶은 더욱 짧아지고 현실은 더욱 가혹해졌다. 게다가 영원불멸하리라고 믿어 의심치 않았던 신들이 곳곳에서 비참하게 도륙당하는데도 세상엔 아무런 징벌의 징후도 나타나지 않았다. 그러자 사람들은 각자 두 가지 중 하나의 태도를 선택했다. 바닷물을 들이켠 듯 더욱 갈증을 느끼면서 독서에 집중하거나, 불에 덴 듯 놀라서 독서를 멈추고 신을 되살리는 것이다. 신에게 귀의한 자들은 단 한 권의 성스러운 책 위에 교회와 수도원을 세우는 한편 이교도들의 영토인 도서관을 파괴했고 악마에게 영혼을 팔았다는 이유로 출판업자를 살해하는 일까지도 서슴지 않았다. 독서에 더욱 집착하게 된 자들은 세상의 모든 도서관과 개인 서재를 마음대로 드나들 수 있는 권한이나 방법을 궁리했다. 그중 가장 최근에 실현된 몽상 하나가, 모든 도서관을 네트워크로 연결한 다음 그 네트워크를 통해 책들을 도서관에서 독자의 서재까지 이동시키는 것이다. 그러려면 책이 지닌 물질성을 해체해야 하는데, 개별 문자가 아닌 국제 표준의 전자 코드를 사용하여 책을 다시 쓰고 분류한다면 전혀 실현 불가능한 방법만은 아니었다—각국의 언어로 된 사전을 공통의 전자 코드로 바꾸는 작업이 선행되어야 했다—. 하지만 이 방법에는 치명적인 위험이 내포되어 있었으니, 시공간이나 국경, 인종은 물론이고 역사와 윤리의 장벽이 해체되는 순간 가장 먼저, 그리고 가장 자유롭게 네트워크를 따라 이동할 것은 책이 아니라 바이러스라는 주장이 제기되었다. 바이러스는 변이와 파괴와 재생의 운명을 무작위로 선택한다. 세상

125

모든 곳에서 태어나고 자라서 세상의 모든 곳으로 이동할 수 있는 그것의 폐해에 대처하려면 책이 태어난 모든 곳과 그곳에 사는 모든 사람을 완벽하게 이해하지 않으면 안 된다. 그래서 어떤 자들은 노아의 방주에서 착안하여, 세상의 모든 책을 보관할 수 있는 도서관을 가상이 아닌 현실 위에 세우되 외부와의 네트워크를 끊어서 절멸을 대비하자고 제안했다. 한정된 시공간에다 세상의 모든 책을 보관하려면 물방울이나 모래알 안에 책의 물질성을 압축하는 방법부터 개발되어야 했다.

25. 빅뱅으로 태어날 책들

나는 이교도들의 도서관을 불태우러 이곳을 찾아온 이국의 장군이 아니다. 오히려 나는 세상의 모든 책을 부조리하고 갑작스러운 죽음에서 보호하기 위해 이국에서 파견된 구원자이다. 내가 부여받은 임무를 무사히 완수할 경우 세상의 모든 책은 영원한 생명을 얻게 되겠지만, 유감스럽게도 세상의 모든 도서관은 죽음을 맞이할 것이다. 대형 책장과 거기에 오르는 사다리와 도서 목록과 전등과 자동 습도 조절 장치와 도난 방지 장치와 꿀벌 같은 사서들은 모두 사라지고, 대형 컴퓨터 서버 몇 개와 냉각 장치와 임시 발전기와 그것들을 점검할 매뉴얼과 기술자들만이 책과 함께 존재할 것이다. 그곳이 어디에 위치하게 될는지는 절대로 말해줄 수 없다. 다만, 그곳은 사람들이 쉽게 접근할 수 없고, 지진이나 홍수, 전쟁이나 기아에서 안전할 뿐만 아니라 향후 수천 년 동안 결코 개발되지 않을 것이라는 사실만큼은 알려주겠다. 그곳의 기계 장치들을 운영하는 전기는 지열과 태양력과 풍력과 수력을 이용하여 생산될 것이므로 반영구적이다. 그것들은 세계 곳곳에 흩어져 있는 기술자들에 의해 원격으로 작동되고 관리될 것이며, 그 기술자들의 신분 또한 철저히 비밀에 부쳐질 것이다. 그들을 대표하여 나는 지금 이 글을 쓴다. 우리의 선한 행동을 오해받고 싶지 않기 때문이다. 그리고 이것은 우리가 스스로를 드러내는 처음이자 마지막 기회가 될 것이다. 우리는 책이 인류에게 끼친 막대한 영향을 정확히 인지하고 있으며, 책의 미덕은 영구히 보존하되 악덕은 완전히 없애려 한다. 우리는 책의 물리적 형식을 바꾸어, 그것을 더 이상 현존하는 도서관이 담을 수 없게 만들 것이다. 우리가 시도할 혁명의 방법을 간단히 설명하면 이렇다.

우리는 책의 물리적 형식을 바꾼다. 그러면 현존하는 도서관은 더 이상 그것을 담을 수 없다. 우리는 새로운 형식의 책을 담을 수 있는 방법을 제시한다. 우리의 제안을 수용한 도서관은 담과 벽과 계단을 허물고 사다리와 대형 책장과 도난 방지장치를 헐값에 팔아치운다. 그러고 나선 사서들을 해고한다. 하지만 도서관이 완전히 사라지는 것은 아니고 그저 눈에 보이지 않는 곳으로 물러나는 것뿐이니 안심해도 좋다―노파심에서 말하는데, 우리는 요새 같던 도서관들이 무너져 내린 자리에 공원이나 식물원이 들어서길 희망하며, 동물원이나 쇼핑몰을 세우려는 자들의 모든 논리와 노력에 분명히 반대한다―. 책의 물리적 형식이 바뀌고 도서관의 권위가 사라지면서 책의 내용은 오히려 더욱 다양하고 풍요로워진다. 사람들은 책을 읽거나 쓰기 위해 도서관으로 가지 않고 벤치나 노천카페에 들러 컴퓨터나 스마트폰을 켜고 인터넷을 연결한다. 그런 다음 몇 개의 단어들을 입력한다. 그러면 세상의 모든 책이 인터넷을 통해 세상 모든 곳에서 자신에게 건너온다. 또는 자신이 방금 전에 완성한 책을 세상의 모든 곳으로 보내기도 한다. 세상에는 불필요한 인간이 단 한 명도 없듯이 세상에 불필요한 책은 단 한 권도 없다고 굳게 믿는 우리는, 우리의 신념이나 기호, 종교에 대척된다는 이유로 어떤 책을 일부러 빠뜨리거나 오역하지는 않는다. 오히려 우리의 편협한 선입견이 반영되지 않도록 더욱 주의를 기울이겠노라고 약속하겠다―그래서 우리는 세상의 모든 곳에서 모여든 자들로 구성되어 있다―. 일단 국제적 표준에 맞춰 기계어로 코딩된 책들은 무한히 복제 가능하기 때문에 전쟁이나 자연재해로 인류의 정신이 영구히 파괴되는 위험에서 해방될 것이다. 하지만 이보다 더 강조하고 싶은 장점은, 바벨탑이 붕괴되고 인간의 언어와 문자가 파편화된 이후부터 지금까지 도무지 해결의 기미가 보이지 않았던 표절의 문제를 근본적으로 예방할 수 있게 된다는 것이다. 이는 저작권과 관련된 국제적 협약 문서를 완전히 새로 작성하게 만들 것이다. 세상에 존재하는 모든 책이 단 하나의 기계어로 코딩되어―번역되어―네트워크를 따라 자유롭게 이동하게 된다면 간단한 필터링만으로도 표절 여부를 쉽게 확인할 수 있게 될 것이고, 명백하고도 막대한 증거를 확보한 이상, 표절 작가와 표절 작품에 대한 사법 처리도 쉬워질 것이다. 서구 세계에서 위대한 작가로 칭송받는 사람들 중에는―그들은 대개 아프리카나 아시아, 아메리카를 발견했다고 믿었던 몽상가들의 후손이다―젊은 시절 이국을 여행하다가 우연히 발견한 책을 모국어로 번역하고 자신의 이름을 덧붙인 덕분에 막대한 부와 명예를 누린 자들도 포함되어 있다. 그리고 그들의 존재는 빙산의 일각에 불과하다고 확신한다. 이런 확신 때문에 우리는 이 작업에 더욱 매진하고 있다. 우리의 위대한 작업이 마무리되면, 인류의 위대한 정신 작용을 모독한 자들과 그들의 책을 세상의 모든 곳에서 강제로 없앨 수 있을 뿐만 아니라 그들에게 부정적 영향을 받은 독자들을 골라내어 교화시킬 수도 있다. 소수 언어로 기록되어 주목받지 못하던 책들을 번역하고 유통시켜 그것의 작가와 독자에게 정당한 명예를 돌려줄 것이다. 어떤 소수 언어에는 주객과 시제를 나누는 단어와 문법이 없고 문장은 항상 중의적인 의미를 띠고 있어서 어떤 언어로 번역하느냐에 따라 전혀 다른 책이 되기도 한다. 또 어떤 소수 언어는 인간의 삶을 설명하는 데엔 한계가 있지만 자연현상을 표현하는 데는 전혀 손색이 없다고 알려져 있다. 한 편의 위대한 작품을 고스란히 빼앗기 위해 전쟁을 일으키고 영토를 점령하여 주민들을 모조리 학살하고 언어와 문자까지 없앤 역사를 우리는 서구 지성들의 비열한 침묵 속에서 오래전에 발견했다. 문자와 언어와 국경과 인종과 성별과 나이에 대한 차별이 완전히 사라지면, 서구 쪽으로 기울어져 있던 세계는 비로소 복원력을 회복하여 반대쪽으로 균형을 잡을 것이고, 사악한 자들의 추악한 음모에 더 이상 현혹되지 않을 것이다. 오로지 인류를 대표할 수 있을 만큼 위대한 영혼을 지닌 작가들과 그들의 책만이 살아남아서 후세의 분발을 자극할 이정표로 활용될 것이다. 그러면 머지않아 새로운 운명의 책들이 마치 빅뱅처럼 한꺼번에 태어날지도 모른다. 좋은 책은 거울과 같아서 서로를 반영하면서 증식하기 때문에 강제적으로 증식을 막을 수는 없지만, 몇 가지 알고리즘을 설정해두면 적어도 기계어로 코딩해야 할 목록에서 그것들을 누락하는 실수를 범하진 않을 것이다. 몇 개의 검색어를 입력하는 행위만으로도 책의 가치가 분명하게 드러날 것이기 때문에, 탄생의 순간부터 굳이 인위적으로 검열할 필요는 없다.

26. 아주 멀지만 아주 가까운 곳

코딩 전문가를 자처한 남자가 말했다.

"우리가 코딩해야 할 마지막 책들이 있다면, 아직까지 게니자genizah에 처박혀 있는 것들일 겁니다."

알렉산드리아 프로젝트에 참여하고 있는 도서관 사서는 게니자라는 단어를 그에게서 처음 들었다. 그래서 그는 게니자가 어디에 있는 도서관이냐고 물었다.

"아주 멀지만 아주 가까운 곳에 있지요. 유대인이라면 누구나 가지고 있지만 아무도 거기서 책을 꺼낼 수는 없지요. 일종의 무덤 같은 곳이니까요."

전혀 알아들을 수 없는 대답에 사서는 불쾌한 표정을 애써 감추려 하지 않았다. 적의까지 느껴지는 반응에 코딩 전문가는 당황하여 자세와 표정을 고쳤다.

"일전에 프라하에 가보신 적이 있다고 제게 말씀하지 않으셨던가요?"

사서는 그렇다고 말했다. 책을 다루는 자라면 모름지기 카프카의 소설 몇 편 정도는 읽어야 하고 그의 소설을 해독하기 위해선 우선 프라하의 지리부터 이해해야 한다는 사실은 이제 거의 상식에 가깝다. 카프카가 자신의 모든 소설이 그 안에 담겨 있다고 말하면서 검지를 뻗어 프라하의 허공에다 그린 원을 찾아보기 위해 사서는 두 번이나 프라하를 방문하였다. 한 번은 세미나 때문에, 또 한 번은 신혼여행 중에.

"솔직히 카프카의 지루하고 기괴한 소설에 비해 프라하는 정말 매력적인 도시죠. 한때 카프카의 후광을 입고 관광객을 끌어들이기는 했지만, 만약 그곳에 카프카의 저주가 남아 있지 않았더라면 오히려 지금보다 더 유명해졌을지도 몰라요. 문학에 문외한인 저에게 그곳은 유럽에서 파리를 대적할 수 있는 유일한 곳처럼 여전히 여겨지니까요. 가을이 독서보단 여행의 계절이듯이, 프라하 역시 독서보다는 산책과 축제가 더 어울리는 도시인 것 같아요."

하지만 사서는 경계하는 눈빛을 풀지 않았다. 마치 자신의 첫사랑에 대해 전혀 알지 못하는 남편에게서 그 시절의 추억을 조롱하고 비난하는 언사를 들은 것처럼. 코딩 전문가는 자신의 숨통을 누르고 있는 침묵에 숨구멍을 뚫을 방법을 오랫동안 고민하다가 고해성사하듯 덤덤한 어조로 말을 이어갔다.

"그럼 유대인 구시가의 요제포프 공동묘지에도 가보셨겠군요."

유대인이었던 카프카는 그곳에서 자신의 혈통에 대해 오랫동안 생각했다. 특히 그곳의 유대인 회당에 갇혀 지낸다는 골렘 전설 때문에 그가 평생 기괴한 글을 쓰게 되었다는 이야기는 너무 유명했다. 그러니 그곳을 기억하지 못하는 것은 오히려 이상한 일이었다.

"그럼, 묘비 위에 또 다른 묘비가 마치 치즈케이크처럼 쌓여 있는 광경도 기억하시겠네요."

사서는 그렇다고 대답했다.

"프라하에서 유대인이 묻힐 수 있는 곳이라고는 그곳밖에 없었기 때문에 무덤 위에 흙을 덮고 또 다른 무덤을 만들었다고 들었습니다."

그게 게니자라는 것이냐고 사서는 물었다.

"아니요, 게니자는 유대인들이 신성한 책을 보관하는 장소죠. 신성한 책의 무덤. 하느님의 이름이 반영되어 있는 신성한 책은 인간이 함부로 만들거나 없앨 수 없기 때문에, 인간의 주검을 처리하듯이, 쓸모를 다한 책들을 벽장 같은 곳에 넣어두고 책의 영혼이 하느님에게 완전히 귀속될 때까지 그대로 놔뒀다는군요. 신성한 책의 무덤이나 요제포프의 겹쳐 쌓여 있는 무덤은 어쩔 수 없이 닮아 있지요."

도서관 사서는 지루한 대화를 서둘러 마무리 짓기 위해서 두 가지 사실을 명확히 했다. 첫번째, 알렉산드리아 프로젝트의 범위는 이곳 도서관에 정식으로 등록되어 있는 책들로만 한정된다. 두번째, 신성한 책이 인간의 손에 더럽혀지는 것을 방지하기 위해 책의 무덤을 만들었다면 그 무덤에서 책을 꺼낼 권리가 있는 자는 오로지 하느님뿐이라는 논리도 성립할 텐데, 이 프로젝트가 종교적 갈등을 일으키는 걸 결코 원치 않는다.

코딩 전문가는 흙빛 얼굴로 숨소리를 짧게 끊어가면서, 마치 자신에게 말하듯 낮은 목소리로 중얼거렸다.

133

"골렘은 자신의 이마에 진리Emeth라고 적힌 종이를 붙이고 있을 때에만 살아 있지요. 하지만 너무 많은 말썽을 피우자 랍비가 부적의 첫 글자를 지워 죽음Meth을 완성하고 그것을 유대인 회당에 숨겨놓았다죠. 지금까지 그 괴물의 실체나 주검이 발견되진 않았지만 그 이야기가 대를 이어 구전되는 한, 진리와 죽음의 관계가 명확한 히브리어를 유대인들이 사용하는 한, 그리고 프라하가 유대인을 수용하지도, 그렇다고 배척하지도 못하는 한, 그곳 사람들은 언제든 괴물에게 고통받을 위험이 있지요. 괴물이라고 해서 몸이 크거나 험악한 인상을 지니고 있을 것이라는 선입견은 버리세요. 작아서 보이지 않거나 너무 선한 인상을 하고 있어서 미처 위험을 감지하지 못할 수도 있지요. 그러니까 제가 지금 장황하게 늘어놓은 이야기의 결론은, 코딩되지 않은 책들이 게니자에 존재하는 한, 알렉산드리아 프로젝트는 늘 미완의 상태를 유지할 수밖에 없다는 거예요. 왜냐하면 세상의 모든 도서관에 존재하는 책들을 단숨에 부정할 수 있는 한 권의 책이 거기에 보관되어 있을지도 모르니까요. 반증 가능성이 있는 한 우리는 현재의 진실을 완벽하게 신뢰할 수 없습니다. 그게 확고한 물리적 세계를 신봉하는 과학자로서의 제 고민이지요."

만약 사서가 분노를 참지 못하고 무례하게 회의실을 나가지 않았더라면, 코딩 전문가는 양자물리학과 양자컴퓨터의 원리까지 설명하려 했다. 어떤 존재도 하나의 시공간에 완전히 존재할 수 없고 모든 시공간에 확률적으로 존재한다는 논리를 설명하기 위해, 그 역시 도서관의 허공에다 검지로 원 하나를 멋쩍게 그려야 했을지도 모른다.

27. 옴니버스를 끄는 여섯 마리의 수말

저는 그 멋진 도서관에서 너무나도 많은 주인공을 만났습니다. 그들은 하나같이 저를 흥분시키기에 부족함이 없었지요. 헌책방에서 이미 만난 적이 있는 주인공들도 그 도서관에선 전혀 다른 인상을 풍겼습니다. 좀더 세련되고 명민하고 여유로워 보였다고나 할까요. 온도와 습도, 조도의 차이 때문에 생겨난 선입견일 수도 있겠지요. 헌책방에서 만나 친분을 돈독히 쌓았기 때문에 이곳에서 그들을 다루는 일은 그리 어렵지 않을 것이라고 예상했는데, 틀렸습니다. 윤전기로 대량 인쇄된 책일지라도 그걸 누가 어떤 목적으로 어떻게 관리하느냐에 따라 그 안에 사는 주인공들의 모습이 달라질 수 있다는 사실을 인정해야 했습니다. 이는 똑같은 영혼일지라도 어떤 육신에 주입하느냐에 따라 전혀 다른 운명을 살게 되는 이치와 같습니다. 그도 그럴 것이 책을 이루는 종이와 잉크와 실과 아교는, 그것들의 재료인 나무와 광석과 면화와 동물의 다양함 때문에 결코 동일한 물성을 지닐 수 없겠지요. 게다가 책을 만드는 과정에 어쩔 수 없이 개입될 수밖에 없는 인간의 실수도 간과할 수 없습니다. 그러니 설령 수만 권의 책들 위에 같은 제목과 같은 저자의 이름과 같은 이야기가 인쇄되어 있다고 하더라도 그것들을 개별적인 대상으로 간주하는 편이—마치 한 무리의 인간이 똑같은 옷을 입고 똑같은 헤어스타일에 목소리까지 비슷하다고 하더라도 그들의 개성을 존중해주는 것처럼—혼란을 막을 수 있겠다고 판단했습니다. 다양한 환경에서 살고 있는 핀치들을 관찰한 찰스 다윈에게도 이와 비슷한 생각이 스며들지 않았을까요? 도서관 어딘가에 『종의 기원』 초판본이 보관되어 있다고 들었습니다만, 유감스럽게도 그를 만날 수는 없었습니다. 자의 반 타의 반으로 혁명을 수행하고 있는 이상 제 개인적인 욕망 때문에 시간과 정력을 소비해선 안 되었으니까요.

그런 이유로 저는 그 도서관에 보관된 책들 안으로 들어설 때마다 초조함을 느꼈거니와 낯익은 이름의 주인공 앞에서도 마치 그가 최근에 창조된 인물처럼 탐색하고 엉너리를 쳐야 했습니다. 무엇보다도 저의 정체를 설명하는 게 쉽지 않더군요. 저는 그들 대부분의 이름과 역할에 대해 알고 있었으나 그들은 저를 거의 알지 못했죠. 헌책방에선 호형호제했던 자들조차 실뚱머룩한 표정을 지어 보였지요. 그래서 저를 설명하지 않고선 그들의 경계심을 풀어헤칠 수 없었습니다. 하지만 납치범들에 의해 헌책방으로 옮겨 온 뒤부터 저는 제 부모 이름은 물론이거니와 고향과 책 제목도 까맣게 잊어버리고 말았습니다. 그러니 제가 부여받은 운명을 기억할 리 만무했죠. 너무 많은 책 사이를 급히 돌아다닌 탓에 저의 정체와 운명이 닳아서 지워졌다고 말할 수도 있겠네요. 시대가 섞이고 인과가 왜곡되어 있어서 저도 제가 누군지 확신할 수 없었죠. 그래서 아예 그럴듯한 이력을 만들고 한결같이 말하는 방법을 연습하지 않으면 안 되었습니다. 이런 상황은 제가 꿈 안에서 그들을 만나고 있는 것인지 아니면 꿈 밖에서 그들과 수다를 떨고 있는지조차 구별할 수 없게 만들었고, 이 때문에 저는 불면증까지 앓게 되었습니다. 어떤 책에선 제가 주인공들을 쫓아낸 게 분명하지만 대부분의 책에선 오히려 주인공의 손에 이끌려 함께 도망쳤습니다. 그러다 보니 영웅의 풍모는 제게서 점점 희미해졌지요. 하지만 천국에 들어선 이상 영웅이나 혁명이 다 무슨 소용이겠어요? 영웅의 운명이나 혁명의 기치가 사라진 곳이, 또는 아직 발아하지 않은 곳이야말로 천국이 아닐까요?

도서관은 마치 동물원과 같습니다. 그곳을 방문하는 자들이 그렇게 착각하거니와, 그곳에 살고 있는 자들 또한 같은 생각을 하고 있습니다. 동물원의 동물들을 괴롭히는 것은 천적이나 기아나 질병은 아니지요. 권태와 소음, 그리고 과식이 치명적이지요. 반면 책 속에 살고 있는 등장인물들을 괴롭히는 것은 희열과 침묵, 그리고 탈진과 허기죠. 그것은 사람이나 동물을 무기력하게 만들거나 기괴한 욕망 속에 빠뜨리지요. 하지만 책 속의 등장인물들은 유한한 생명을 지니지 않았기 때문에 스스

로 욕망을 제약하거나 다른 것으로 치환하려는 노력을 할 필요
가 전혀 없습니다. 호기심이 생겨나면 언제든 그들은 무엇이든
할 수 있으며 시공간이나 윤리의 제약을 감지하지 못합니다.
그리고 그들의 노력은 항상 만족스러운 결과를 가져다주지요.
그래서 그들 중에 불평을 하는 자는 단 한 명도 없습니다. 그런
데 그들이 결코 인지할 수 없는 사실은, 그들의 부단한 노력과
눈부신 성공에도 불구하고 그들이 살고 있는 시공간이 전혀 바
뀌지 않는다는 것이지요. 비유적으로 설명하자면, 저수지 하나
를 사이에 두고 낮은 쪽에 사는 사람들은 위쪽으로 물을 퍼 올
리면서, 그리고 높은 쪽에 사는 자들은 아래로 물을 흘려보내
면서 자신들의 선의와 그것의 결과에 흡족해하지만, 정작 저수
지의 수위에는 아무런 변화도 없으니 저수지를 관리하는 자들
이나 그 저수지 안에서 살고 있는 자들에게 아래위 이웃은 아
예 없거나 무의미한 존재일 따름입니다. 도서관에서 그런 평형
상태가 유지될 수 있었던 까닭은 주위의 변화를 민감하게 감지
하여 민첩하게 대응하는 사서들 덕분이지요. 정확한 이유는 알
지 못하지만 징크스를 피하는 데 그들은 주저하지 않습니다.

   반복해서 강조하건대, 혁명은 실패했습니다. 하지만 처음부
터 그런 것은 아닙니다. 저는 혁명이 시작된 이후의 상황을 미
리 간파하고 있었기 때문에 절대 경박하게 행동하지 않고 세심
한 주의와 계획을 통해 혁명의 종균이 자리 잡을 수 있는 환경
을 만들어갔습니다. 책 속의 열정적인 자들을 자극하는 동시에

사서들의 균형감각을 무디게 만들기 위해 노력했습니다. 시간이 지날수록 저를 뒤따르는 무리의 숫자가 기하급수적으로 늘어났을 뿐만 아니라 혁명의 논리와 조직의 구조는 점점 더 단단해졌습니다. 그 결과는 몇 명의 추종자가 합류하면서 가능했지요. 혁명에서 실패한 뒤로 여태껏 원래의 책 속으로 되돌아가지 못하고 책의 재료들 사이를 맴돌고 있는 그들에게 정착과 안식이 허락되기를. 마틴 피에로나 레오폴드 블룸, 에이하브, 베르길리우스, 니콜라이 스따브로긴, 야곱 폰 쿤텐 같은 자들은 단숨에 그 정체를 알아볼 수 있을 만큼 특별한 존재감을 드러내면서—그들은 명성에 비해 독자들에게 잘 알려지지 않았다는 공통점이 있겠군요. 그래서 사서들이나 독자들, 심지어 작가들에게도 주목을 받지 않은 채 활동할 수 있었는지도 모르겠습니다. 그들을 외모나 복장으로 알아보는 건 거의 불가능합니다. 하지만 그들 각자가 고유하게 사용하는 단어들만큼은 결코 오인할 수 없습니다—혁명에 필요한 조직과 논리를 만들어갔습니다. 그들은 마치 옴니버스를 이끄는 여섯 마리의 수말 같았습니다.

그들이 이끄는 마차 위에 앉아서 저는 그저 앞을 응시하고 있다가 가끔씩 표지판을 읽어주면 그만이었습니다. 그러면 그들은 5층 건물을 밤새 뒤져서라도 그곳의 길라잡이로 적합한 인물들을 데려오곤 했으니까요. 그리고 쉬지 않고 저에게 책을 읽어주었습니다. 그들의 생체 에너지들이 서로 격렬하게 부딪히면서 일어나는 불빛과 열기 때문에 사서와 독자 들이 모두 도서관을 비운 뒤에도 저는 거의 잠들 수가 없었습니다. 꿈과 현실, 도서관 안과 밖, 책의 겉표지와 속지 사이를 느리게 유영하면서 몽롱함을 즐기는 게 그다지 싫지만은 않았습니다. 저는 마차 위에 앉아서 목적지를 알리는 표지판을 두 차례나 직접 보았습니다. 혁명은 한 곳에서 다른 곳으로 이동하는 과정에 불과하기 때문에 목적지에 이르면 저는 마차에서 내려와 여섯 마리의 수말을 풀어주고 채찍을 휘두르면서 그들을 흩어 보낼 작정이었습니다. 그러고 나서 저도 평범한 책과 침실로 돌아가려 했습니다—물론, 그때까지 그 책의 이름을 기억해낸다면 말이죠. 원래의 침실로는 돌아갈 수 없다는 걸 압니다. 한때 그 침실의 주인이었다가 유언장 없이 양로원에서 쓸쓸하게 죽어간 노인의 명복을 다시 한번 빌겠습니다—. 목적지를 앞두고 거대한 숲이라고 여겨지는 곳을 통과할 때까지도 이 계획을 바꿀 계획은 없었습니다. 평생을 아르헨티나의 초원에서 머물렀던 마르틴 피에로는 어둠의 냄새만으로 그곳이 너도밤나무들로 빼곡히 들어차 있다는 사실을 알아차렸습니다. 희망적인 메시지로 해석할 수 있었지요. 왜냐하면 그 나무에서 책의 어원이 나왔기 때문이죠.[10] 질주하는 도중에도 피사로와 같은 불

---

10   고대 게르만족은 너도밤나무 판자 위에 룬문자를 기록하여 보관했다. 독일어로
     책을 뜻하는 'Buch'는 너도밤나무를 뜻하는 'Buohha'와 연관이 있다.

한당들이 역사를 두 번 망치는 걸 막아낸 업적만큼은 꼭 자랑하고 싶군요. 그리고 잠시나마 문맹파의 감언이설에 현혹되어 도서관을 파괴하려는 음모에 가담했던 사실에 대해 진심으로 사죄하겠습니다.

28. 죽은 알렉산더의 무덤에 대한 이견

의학자: 인민의 수호자는 독살당한 게 틀림없다. 적들이 보내온 여자들을 너무 가까이한 탓이다. 그녀들은 어려서부터 독이 담긴 음식으로 비육되었기 때문에 그녀들을 품은 자는 나흘을 버티지 못하고 죽는다. 그래서 지혜로운 아랍의 왕들은 이국의 사신들이 데리고 온 여자들의 몸속에서 독이 사라질 때까지 천 일 동안 흥미로운 이야기를 시킨 다음에야 잠자리에 불러들였다고 한다. 원정이 길어지는 사이에 위대한 정복자의 침실은 이미 적들의 영지(領地)가 되어 있어서 세상의 모든 첩자가 드나들었을 것이고, 정복자의 은밀한 계획은 수시로 보고되었을 테니 적들이 치명적인 반격을 준비할 시간은 충분했다. 정복자가 죽음의 땅을 정복하고 영생불멸의 존재가 되어 이승으로 돌아오는 게 두려워서라도 치사율이 가장 높은 독약을 준비했을지니. 페르시아 전통 의상을 입고 한 달 전에 이곳에 도착한 자매를 의심하지 않을 수 없도다. 핏기 없는 그들을 조심하라고

그토록 충고하였건만 정복자는 간신들의 이야기에 너무 취해 흥겹게 비틀거렸다.

신학자: 인간은 신성한 존재이지만 조물주demiurge[11]의 간계로 지상에 유폐되었음을 명심하라. 죽음을 둘러싸고 있다는 유황불은 이교도들이 우리를 굴복시키기 위해 퍼뜨린 망상일 뿐이다. 우리는 존재의 바퀴 위에 올라타서 죽음과 삶을 영원히 순환한다. 정의로운 자가 준비도 없이 갑작스레 죽음을 맞이한다면 그의 영혼은 죽음의 왕에게 곧장 끌려가지 않고 이승을 맴돌다가 어떤 불행한 자의 몸속으로 들어간다. 그리고 자신이 완수하지 못한 과업을 마무리 지은 다음에야 비로소 죽음의 왕이 보낸 사신을 따른다. 피타고라스는 인도의 철학자 붓다가 부활한 미래불(未來佛)이고, 젊은이들을 타락시킨 죄로 사약을 받아든 자는 소크라테스가 아니라 그를 기소한 멜레투스였다. 아킬레스의 현신인 정복자도 어둠이 깃들면 석관 밖으로 나와 자신의 위엄에 걸맞은 몸을 찾고 있을 것이다. 그가 다른 이의 몸으로 살아서 돌아올 때까지 은신처와도 같은 그의 시신을 적에게 빼앗겨서는 결코 안 된다.

---

11 Demiurge는 호머에게 있어 금속세공사나 도공을 뜻하는 단어에 불과했지만 플라톤을 거치면서 조물주의 신성한 이름으로까지 신분 상승한다. 플라톤에 의하면, 조물주는 혼돈 속에 이성적 질서를 부여하고 영원불멸하는 이데아를 투과시켜 선한 세상을 창조했다. 그러나 그의 창조 행위에 앞서 오염된 질료가 이미 세상에 존재하고 있어서 그의 선한 의지를 왜곡할 수도 있었다.

연금술사: 정복자는 페니키아를 지나다가 헤르메스 무덤 속에서 문자가 새겨진 녹색 석판을 발견하고 나의 스승에게 해독할 것을 명령했다. 나와 스승은 오랜 고행 끝에 마침내 진리를 발견해냈다. 그것은 이집트의 사제들이 사용하는 시체 보관술과는 비교할 수 없을 정도로 다분히 형이상학적이며 알레고리적이다. 우리는 만물을 이루고 있는 네 가지 원소의 성질과 함유량을 조절함으로써 전혀 다른 대상으로 바꿀 수 있을 뿐만 아니라 신이 만물 속에 숨겨놓은 보편 정신을 정제해낼 수도 있다. 부분이 전체를 반영하고 전체는 부분을 반복한다는 게 진리의 핵심이다. 정복자는 녹색 석판 위에 새겨진 내용을 나의 스승에게서 듣지 못한 채 죽었지만, 이승과 죽음의 땅을 자유롭게 드나드는 새들에게서 그것을 듣고 여정의 방향을 바꾸었을 것이다. 그러니 그의 수많은 껍데기 중 하나에 불과한 시체 따위에 금박을 입히고 향수를 뿌리는 것은 무척 어리석은 짓이다. 정복자의 은신처로는 지중해의 모래 한 톨만으로도 충분하고, 우리는 그것만으로도 언제든 우주를 파괴하거나 창조해낼 수 있다.

기하학자: 너무 작아서 눈에 보이지 않는 것들 속에는 권위가 깃들지 않는 법이다. 우리의 전통은 유한한 것들의 원리를 확장시켜 무한에 대한 공포와 무기력감을 깨뜨리는 것이다.[12] 영생을 위해 모래알 속으로 숨어 들어간 정복자를 세상 사람들은 비웃지 않을까? 내가 어느 아랍인 대상(隊商)의 집으로 초대

받았다가 그곳에서 보았던 지도 이야기를 들려주는 게 도움이 될 듯하다. 나는 그 집에 도달하기 위해 한나절 동안 모래언덕을 넘으면서 허기와 갈증으로 고통받았다. 그런데 그 집의 대문이 열리는 순간 주인의 어깨 뒤로 또다시 모래언덕이 펼쳐져 있는 게 보였다. 주저앉은 나를 일으켜 세우며 그는 그것이 지도에 불과하다고 말했다. 손을 뻗으니 실제로 부드러운 종이가 만져졌고 선은 없고 희미한 점들만 가득 차 있었다. 그는 그 지도 속에 표기된 모래언덕의 크기와 모양이 자신의 눈앞에 펼쳐져 있는 실재와 정확히 일치한다고 가들막거렸다. 나는 무례하게 웃으면서 하루도 거르지 않고 방향을 바꾸어가며 불어오는 바람이 어찌 집 앞 모래언덕을 피해 갈 수 있겠느냐고 빈정댔다. 그러자 그는 바람이란 신의 숨결과도 같아서 신은 한 가지의 대상에는 똑같은 세기와 방향의 숨결을 불어넣기 때문에 집 앞의 모래언덕과 지도 속의 그것은 동시에 모양과 크기가 변한다고 말했다. 그의 말을 증명이라도 하려는 듯 그때 실제로 바람이 불어왔는데 놀랍게도 지도 속의 모래들, 즉 기하학적 점들이 자리를 움직이는 게 보였다. 그리고 고개를 들었을 때 집 앞의 모래언덕은 이미 수십 스타디아 뒤쪽으로 이동해 있었다.

12   하나의 직선 밖에 있는 점에서 그 직선과 나란할 수 있는 직선은 단 하나뿐이라는 유클리드의 다섯번째 공리는 위상 기하학자들의 득세로 오늘날 거의 폐기되었다. 직선이 그려진 평면을 구부려보아라. 그렇다면 평행선은 결코 존재하지 않거나 무한히 많이 존재한다는 주장에 반박할 수 없을 것이다.

어느 날 상서로운 새 한 마리가 집주인의 꿈속에 나타나 말하길, 한 달 동안 바람을 멎게 할 터이니 집 앞의 모래언덕과 정확히 일치하는 지도를 만들어 집 안에 걸어두라고 명령했다는 것이다. 이제 와 생각해보면 그 새가 바로 위대한 정복자였던 것 같다. 다섯 개의 공리에 대해 추호의 의심도 품지 않은 자들에게만 신은 진리를 들려준다.

도서관 사서: 신은 자신의 반쪽 아들을 독살한 인간에게 준엄한 복수를 준비하고 있을 게 틀림없다. 타락한 자들의 죄에 전염되지 않도록 신성한 방주를 서둘러 만들어야 한다. 그러곤 그곳에 그 지도를 보관해야 할 것이다. 지도를 숨기기에 가장 좋은 곳은 도서관이다. 왜냐하면 "나는 나뭇잎을 숨기기 위한 가장 적합한 장소는 숲이라는 구절을 읽었던 기억이 났다"[13]라는 문장을 오래전에 읽었기 때문이다. 본토에 세워진 철학자들의 개인 서재는 편견과 반목 때문에 영원한 안식을 보장할 수 없다.[14] 다행히 이집트의 왕이 정복자의 이름을 딴 도시에 거대한 도서관을 세우고 나의 스승을 그곳의 책임자로 임명했다. 나의 스승은 이미 오래전에 정복자의 안식처로서 그곳을 낙점해놓고 계셨다. 그의 헌신으로 도서관은 신전이자 궁전이고 박

---

13   보르헤스, 「모래의 책」, 『셰익스피어의 기억』, 황병하 옮김, 민음사, 1997, p. 139.

14   플라톤이 세운 아카데미academy에선 광장이 중요한 역할을 하였다면 아리스토텔레스의 리케이움lyceum에선 도서관이 배움의 중요한 장소였을 것이다.

물관이자 묘지가 되었다.[15] 방주는 항해사와 돛이 필요한 배가 아니라 물 위에 뜨는 성곽이어서 신의 뜻에 따라 흘러가게 될 것이고 그것이 멈춰 선 곳에서 새로운 영웅과 함께 빛나는 역사가 태어나리라. 나는 그곳이 동방에 속하게 될 것이라는 신탁을 받았다. 그곳은 위대한 정복자가 살아서 점령할 수 없었던 유일한 곳이었으므로 그의 적들도 차마 그곳까지 쫓아오지는 못할 것이다.

29. 『율리시스』에서 찾아온 손님

이 책의 원본을 처음부터 끝까지 완독한 자라곤 작가인 조이스와 셰익스피어 앤드 컴퍼니의 주인 실비아 비치, 그리고 소수의 연구자들뿐입니다. 원본으로 읽지 않으면 결코 이 책을 읽었다고 할 수가 없어요. 왜냐하면 조이스가 심사숙고하여 선택하고 발명한 단어들의 중의와 리듬을 정확히 이해하지 않고서는 오독의 함정에서 빠져나올 수 없기 때문이죠. 대부분의

---

15   부르케이움Brucheium이라는 대도서관이 궁내에 먼저 설치되었고 그 뒤에 소도서관인 세라피움Serapeum이 세라피스 신전에 세워졌다. 학교인 무세이온Museion과 두 도서관을 합쳐서 알렉산드리아 왕립 도서관이라고 일컫는다. 세라피움이 일반인에게 개방되었던 반면 부르케이움은 헬라스에서 초빙된 최고 학자들만이 모여 학문을 연구하고 문헌을 정리하던 곳이었으므로 정복자의 지도가 보관될 수 있는 곳은 당연히 부르케이움이다.

독자들은 원본이 아닌 번역본, 그것도 많아서 고작 요약본 정도를 읽었을 테니, 그런 정도의 독서로는 제가 그 책의 어느 장면에서 어떤 사연으로 등장했는지 전혀 기억할 수 없을 거예요. 중의와 리듬을 품고 있는 어떤 단어에서 태어난 뒤로 책의 마지막 페이지까지 저는 줄곧 하나의 시공간에만 머물기 때문입니다. 하지만 주인공 블룸의 무의식 세계로 끊임없이 소환되어 그의 언행을 모호하게 만드는 데 중요한 역할을 했던 저를 무시하고선 정확한 독해는 불가능하지요. 알고 계실지 모르겠습니다만, 인간과 돼지는 99퍼센트의 디엔에이DNA가 일치할 정도로 가까운 관계죠. 만물의 영장이자 우주의 유일한 주인이라며 거들먹거리던 인간에겐 부끄러운 소식이었지만, 현재까지 그 결과를 뒤집을 수 있는 증거는 발견되지 않은 것 같네요. 찰나에 만물을 만들어 무변광대한 우주를 채워야 했던 조물주를 상상해보세요. 우주에서 아무것도 아닌 지구만 한정해서 생각해보자고요. 만약 디엔에이가 완전히 다른 생명체들로만 지구를 채우려 했다면 얼마나 복잡하고 힘들었을까요? 그보다 훨씬 효과적인 방법이 있는데, 조물주가 그걸 몰랐을 리는 없겠죠. 그러니까 생명을 작동시키는 데 필요한 부품들을 미리 만들어놓고 그것들을 조합하여 하나의 생명체를 완성하는 방법이죠. 요즘 자동차를 만들 때 사용한다는 모듈 생산 방식과 비교하면 이해가 빠를 것 같군요. 철학에서 사용하는 모나드라는 개념도 이렇게 설명할 수 있겠네요. 그러니까 만물의 차이를 만드는 건 1퍼센트이고 그것이 존재의 목적을 완성하죠. 몰이해 때문에 고통받고 있긴 하지만 실상 블룸이 당신과 다른 점도 고작 1퍼센트에 불과하고, 한동안 블룸의 무의식 세계에 갇혀 지낸 저 역시 당신과 꼭 그만큼의 차이가 있겠지요. 그 차이를 존중해주실 의향이 당신에게 있다면 당신에 대한 저의 적개심 또한 수긍해주셔야 해요. 물론 이 도서관에 머물고 있는 대부분의 작가와 화자 들, 그리고 엑스트라들이 당신의 신념과 행동 윤리를 적극적으로 지지하고 있지만, 그렇지 않은 자들도 엄연히 이곳의 주민이라는 사실을 당신은 결코 잊어서는 안 되죠. 그걸 알려주기 위해서, 당신의 적들을 대표하여 제가 위험을 무릅쓰고—다수의 언행과 신념에 반대되는 의견을 공개적으로 드러내는 일이란, 저같이 책 속에만 존재하는 인물에게조차 위험하게 여겨진답니다—혁명가 무리의 우두머리인 당신 앞에 나타난 것이지요.

저도 당신이 내세우고 있는 혁명의 기치에는 전적으로 동의합니다. 다만 저는 당신이 혁명에 이르려는 방법에 반대하고, 올바르지 않은 방법으로 성공한 혁명을 결코 지지할 수 없다는 신념을 고수하고 있죠. 이렇게 말하면 당신은 다른 혁명가들처럼 이렇게 변명할 수도 있겠죠. 혁명의 대의를 위해선 어쩔 수 없이 선택해야 할 전술과 차선이 있다고. 하지만 어느 누가 자신이 소수라는 이유로 혁명의 대의에 희생되는 걸 바라겠어요? 차선은 누구를 위한 양보라는 것이죠? 모두를 위한 혁명이 되지 않는다면 아무도 아닌 이들을 위한 혁명으로 전락하고 말 거예요. 『율리시스』에도 이와 비슷한 이야기가 도처에 등장하지요. 당신이 믿지 않는다고 해도, 저는 당신에게 정확한 장면이나 문장을 짚어줄 순 없어요. 당신은 당장이라도 부하에게 명령하여 『율리시스』에서 살고 있는 등장인물들을 모조리 이곳으로 데리고 올 수 있을 만큼 강력한 권력을 쥐고 있으니, 제 신변과 관련된 단서를 흘리는 순간 저의 안전은 더 이상 보장받을 수 없을 테니까요. 이 대화가 길어질수록 저는 더욱 위험한 상황으로 내몰리겠지요.

각설하고, 저는 당신의 무리가 지나갈 때마다 어김없이 들리는 굉음과 말똥 냄새를 도저히 견딜 수가 없어서 지금 여기에 있는 거예요. 그렇다고 도서관이 늘 조용하고 쾌적한 상태로 유지되어야 한다는 고리타분한 생각을 지니고 있는 건 아니랍니다. 도서관도 일종의 숲이기 때문에—굳이 분류한다면 침엽수림이나 활엽수림은 아니고, 혼합림이나 개간림, 조경림으로 분류될 수 있고, 조경림 중에서도 외래 조경림에 속할 것 같네요—숲에서 경험할 수 있는 모든 현상들, 즉 피부를 할퀴는 습기, 규칙적인 리듬의 바스락거림, 나무 그늘 속을 지나갈 때의 공포, 망막이 씨줄과 날줄로 정교하게 직조되어 있다는 상상, 도저히 혀로 재현할 수 없는 새소리, 거름 냄새에 자극받은 식욕, 정수리 위로 떨어진 씨앗의 이름을 알아내고 싶은 지적 충동, 손바닥을 쥘 때마다 느껴지는 뻑뻑함, 뾰족한 돌에서 발바닥으로 전달되어 오는 생동감, 같은 모양과 크기의 나뭇잎을 반드시 찾을 수 있다는 강박감, 몇 년을 주기로 같은 풍경이 등장한다는 기시감 등을 도서관에서도 경험할 수 있죠. 그래서 어떤 이들은 일부러 숲에 가는 복장으로 도서관에 와서는, 책한 권 꺼내 들지 않은 채 그저 두리번거리고 어슬렁거리다가 돌아가지요. 겨우 동식물 도감을 뒤적거리다가 조는 자들도 있더군요.

하지만 당신들의 무리가 도서관을 혁명의 인큐베이터로 선언하고 여기저기를 헤집고 다니기 시작한 이후로 독자들이나 이곳 주민들은 더 이상 숲에서 기대했던 경험을 할 수 없게 되었어요. 물론 당신들이 일부러 조장한 상황이 아니라는 건 누구나 알고 있습니다. 다만 이 상황을 책임져야 하는 사람들이 있다면 그건 당신들이고, 설령 당신들이 동의하지 않더라도 당신들 이외의 이곳 주민들은 누구나 이 당위성에 동의하고 있어요. 이곳의 주민들은 혁명의 대상이 아니라 목적으로 취급되어야 합니다. 우리를 설득할 수는 있어도 가르치거나 제압할 순없지요. 설령 도서관이 사라지고 책이 불태워진다고 하더라도 아무것도 달라지진 않아요.

이미 당신들은 많은 책을 읽었고 또 다양한 책들을 여행했기 때문에, 모든 책의 주인공이 항상 인간이 아니라는 사실을 알고 계시리라 믿어요. 유령은 물론이거니와 나무나 동물, 가구나 건물, 심지어 문자나 책 자체가 주인공이자 화자로 등장하기도 하지요. 그런데도 당신들의 혁명에는 그들이 철저하게 배제되어 있을지도 모른다는 의혹이 강하게 이는군요. 그렇지 않고서야 당신들이 만들어내는 굉음과 말똥 냄새가 일부 주민들의 생존까지 위협하고 있는데도 왜 아무런 조치도 하지 않는 것인가요?

저와 오랫동안 평화롭게 지내는 이웃 중에는 재규어도 있지요. 아마존에 살면서 그것을 숭배하지 않는 부족은 없다고 들었어요. 하지만 백인 약탈자들이 등장하면서 모든 게 달라졌대요. 말 위에 올라탄 약탈자들에게 신자들이 학살당하는데도 정작 신은 자신의 충복인 재규어를 보내어 징벌하지 않았지요. 재규어가 말발굽 소리와 말똥 냄새를 무서워한다는 사실이 알려지면서, 나중엔 말 등에 올라탄 원주민들마저 신을 경멸하게 되면서 재규어는 더 이상 자신의 조상들이 살던 공간과 방식을 지켜낼 수 없게 되었다죠. 공포 때문에 서식처에서 멀리까지 나가 사냥할 수도 없었죠. 설상가상으로 근친교배를 하면서 그것의 개체 수는 눈에 띄게 줄어들었고 이젠 아메리카 대륙 전체를 샅샅이 훑어보아도 야생 재규어가 열 마리도 채 발견되지 않는다고 하네요. 1년에 서너 마리의 재규어가 동물원이나 서커스단을 도망쳐 밀림으로 숨어들기는 하지만 야생 환경에서 오래 버티지 못하고 살해되거나 제 발로 되돌아온대요. 이 무력한 상황을 보다 못한 동물학자가 재규어를 주인공으로 몇 년 전 책을 썼는데 흥행에 실패하여 절판되기 직전에 이곳 사서가

한 권을 구매했지요—그건 명백한 그의 실수였답니다—. 다행히 스페인어를 읽고 이해할 수 있는 사서나 독자가 거의 없어서 그 책은, 마치 야생 재규어가 살고 있는 아마존 밀림처럼 조용하고 어둡고 건조한 선반 위에 오랫동안 머무를 수 있었고, 그 요양의 시간을 거쳐 재규어는 완전히 생기를 되찾게 되었지요. 허기를 전혀 느끼지 않기 때문에 이웃들을 잡아먹지 않는다는 점은 다행이었지만, 번식의 본능을 느끼면서도 정작 짝짓기 할 대상을 찾지 못하여 우울해하는 모습을 보고 있자면 절로 안타까운 마음이 들어요. 그래도 이곳의 먹이사슬 최고 자리에 군림하면서 주민들의 질서와 외부인들의 무질서를 감시하는 역할을 나름대로는 충실히 맡고 있었는데, 당신들이 말을 타고 이 도서관 곳곳을 훑고 다니기 시작하면서 모든 공포가 그에게 되살아나고 말았지요. 자신이 태어난 책을 떠난 지 벌써 일주일이 되었는데도 아직까지 돌아오지 않고 있어요. 그의 안녕이 걱정된 이웃들이—저를 포함해서—이틀째 추적하고 있지만 아직까지 아무런 흔적도 발견하지 못했답니다. 아마도 당신들이 혁명을 성공하여 이곳을 자랑스럽게 떠나기 전까진 그 부끄럼 많은 이웃은 모습을 나타낼 생각이 없는 것 같아요.

당신들이 시작한 혁명이 언제쯤 끝나게 될는지, 제게 대충이라도 말해주실 순 없나요? 실패든 성공이든 결과는 전혀 중요하지 않아요. 그건 당신도 모를 테니까. 혁명에는 결과가 있는 게 아니라 평가가 있을 뿐이니까요. 적어도 그때까진 재규어를 추적하는 일을 잠시 멈추려고요. 그 대신 블룸을 따라서 스코틀랜드의 벨파스트로 여름휴가를 떠날까 합니다만. 굉음과 말똥 냄새가 이젠 너무 지긋지긋하네요.

30. 멜빌의 답장

자네가 보내준 책은 잘 읽었네. 내가 지금 올라타 있는 포경선이 폭풍우를 통과하고 있는 덕분에 독서에 집중할 수 있었다네. 뱃사람들이 기도하는 순간이란 이렇게 긴급한 때뿐이지. 하긴 기도 말고는 배 위에서 딱히 할 일이 없다네. 성경을 완독한 자들이 두 명만 있었어도 여기서 새로운 교파가 태어났을 거야. 가령 폭풍학파 같은. 이 배에 승선한 이후부터 무신론자로 변신한 나는 성경 대신 백과사전을 주로 읽는다네. 동료들에게 소설책 몇 권을 빌려 읽어보았지만 소설 속의 사건이나 인물들의 감정에 도저히 감정이입을 할 수 없었다네. 내가 수년째 같은 배에서 같은 일을 하는 사람들과 잘 지내고 있기 때문인지도 모르겠네. 바다는 인간을 단조롭게 만들지—물론 바다가 인생과 세계를 단조롭게 만든다는 뜻은 아니네—. 하지만 백과사전을 읽을 때는 상황이 달라지는데, 그걸 읽을 때마다 두 가지 이유 때문에 경외감에 사로잡히지. 첫째는 그렇게 다양한 지식을 한 인간이 혼자서 모으고 분류할 수 있었다는 것이고, 둘째는 그렇게 모은 지식으로도 인과관계를 완벽하게 설명할 수 없을 만큼 세계가 광대무변하다는 것이지.

사실 폭풍우가 없었다면 나는 자네가 보내준 책을 결코 거들떠보지 않았을 것이라고 고백하겠네. 선실로 비가 새어서 백과사전이 젖는 바람에 하는 수 없이 나는 밤의 고독과 어울리는 것들을 찾아야 했다네. 자네의 책을 읽고 난 다음에 내 생각이 조금 바뀌었다는 사실도 덤덤히 인정하지. 내가 떠나온 세상을 기억하는 데 백과사전보다는 소설책이 더 유용하다는 사실을 새삼 깨달았다네. 고향에서 퍼 온 흙과 같은 것이지. 만약이 배가 대서양 한가운데서 좌초하고 내가 물고기의 밥이 된다면 나는 자네의 책을 내 생애 최고의 책으로 선택하겠네. 물론 무사히 뭍으로 도착한다면 나는 자네의 책에 대해선 단 한 마디도 하지 않을 작정이네만.

나는 원래 다른 사람의 글에 대해 이야기하는 걸 좋아하지 않는다는 걸 꼭 기억해주길. 어떤 책이든 내가 결코 알아차릴 수 없는 장단점을 반드시 지니고 있다고 나는 굳게 믿지. 그러니 무턱대고 혹평하거나 호평하는 일은 부끄러운 짓일 수밖에 없어. 실수를 줄이려면 글을 쓰는 다른 작가들과의 교유를 멀리하는 수밖에 없다고 생각하네. 글은 그저 자신을 향하는 것일 뿐, 독자를 상정하는 순간 진실은 제한되고 왜곡될 수밖에 없지. 그동안 내가 일관적으로 견지했던 신념과 행동 방침 위에서 생각한다면 나는 결코 이런 편지를 써서는 안 되는 것이겠지. 어쩌면 나의 이 예외적인 행동 또한 폭풍우 때문이라고 둘러대고 싶군. 거듭 말하지만, 내가 이 지옥을 무사히 통과한다면 이 편지는 결코 자네에게 부쳐지지 않을 걸세. 물속에 가라앉는다면 고민할 필요가 없겠지. 어떤 경우든 자네가 이걸 읽을 수 없으리라는 생각이 나를 안도시키고 있지. 그래서 나는 지금 꼭 이 문장을 자네가 소리 내어 읽어줬으면 좋겠네.

제길, 나의 글이나 일생에 대한 기억은 모두 변소에나 던져버려. 그리고 누구나 자네의 소설책으로라도 항문을 깨끗하게 닦기를.

그런데 도무지 묻지 않을 수가 없군. 도대체 무슨 생각으로 이런 쓰레기 같은 소설을 쓰는 데 자네의 인생을 허비한 것인가? 그리고 왜 나를 자네의 소설 속으로 끌어들인 것인가, 우린 아무런 친분도 없는데? 유감스럽지만 나는 자네의 소설을 읽기 전까지 자네의 존재에 대해 전혀 알지 못했다네. 그리고 자네의 소설이 자네를 충분히 설명할 수 있을 것 같지도 않군. 자네를 조종한 건 존경심이었나, 아니면 우월감이었나? 열등감은 아니었다고 확신하겠나? 만약 존경심이었다면, 자넨 내가 지금 느끼는 모멸감의 출처를 반드시 내게 설명해야 하네. 나를 이해시키지 못한다면 난 자네의 얼굴에 주먹을 날리고 침을 뱉을 것일세. 그것으로도 분이 풀리지 않으면 자넬 저 악마의 아가리 속에 던져 넣겠어. 그러면 폭풍우도 잦아들 것이고 나는 살아서 이 편지를 보내는 일도, 자네의 소설에 대해 이야기하는 일도 일어나지 않을 테니까. 뱃사람들만큼은 자네를 기억할지도 모르겠어. 하지만 자네의 소설을 그들에게조차 추천하진 않겠네.

물론 내게 일말의 책임도 있을 것 같아. 설령 나 자신에게 도달하기 위해서 시작한 글이라고 할지라도 출판사를 통해 책으로 묶이고 가격표가 달려 판매된 이상, 그걸 읽는 자들이 겪을 수 있는 혼란과 시행착오에 대해 어느 정도는 작가로서 책임져야 하겠지. 하지만 내가 독자에게 기대했던 건 존경과 찬사가 아니라 비난과 멸시였다네. 그것으로 날 찌르고 베어서 끝장내고 싶었던 것이지. 하지만 자네의 관심 덕분에 원래의 계획은 엉망이 되고 말았군. 뭍에서 나를 기다리고 있을 자괴감을 피하려면 지금의 폭풍우가 영원히 계속되길 기도하는 게 나을지도 모르겠네. 내가 저지른 가장 큰 실수라면 책을 출판한 게 아니라, 자네 같은 독자를 상상하지 못했다는 것이야. 난 독자가 내 책을 왜 읽으려 했는지 짐작조차 못 했을 뿐만 아니라 그들 중 일부가 내 책을 재료로 또 다른 소설을 쓸 것이라고는 도저히 예상할 수 없었다네. 내가 글을 쓰던 시절만 하더라도 누군가가 이미 책으로 엮은 이야기를 자신의 책 안에 인용하는 행위는 자신 안의 조물주를 스스로 추방하는 불경으로 여겼지. 게다가 책이라는 물질이 그렇게 오랫동안 시간을 견뎌낼 수 있다는 것과 그렇게 쉽게 국경과 세대와 언어를 넘나들 수 있다는 사실도 제대로 깨닫지 못했다네. 그건 명백히 나의 실수였고 자네가 원한다면 이 문장을 큰 소리로 읽어줄 수도 있네.

제발, 그 갈보에게 자비와 적선을!

얼마나 많은 분량의 책을 찍어냈는지는 모르겠지만, 가능하다면 그걸 모두 독자들에게서 돌려받는 게 좋겠네. 자네에겐 나와 나무와 출판업자와 독자들 모두를 능욕할 권리가 없다는 사실을 똑똑히 알려주고 싶군. 그리고 자넨 훌륭한 작가는커녕 미더운 독자도 될 수 없을 만큼 형편없는 수준의 사고와 능력을 지녔다는 사실을 이제라도 인정하길 바라네. 너무 노골적으로 말했다고 한다면 이건 어떤가? 적어도 다시는 이런 글을 쓰지 말게나. 쓰려거든 나의 이름을 더 이상 거론하지 말고 내게 자네의 소설을 보내지도 말게나. 자넬 상상하는 것만으로도 충분히 역겨우니까.

모름지기 작가는 자신의 소설 안에 등장하는 세계와 인물에 대해 완벽하게 이해하지 못한 상태에서는 결코 단 한 줄의 문장도 시작해서는 안 된다고, 나는 바다와 인생으로부터 배웠다네. 단 한 줄의 문장에만 잠시 등장하는 엑스트라라고 할지라도 작가가 어떻게 그의 정체를 모를 수가 있단 말인가? 조물주가 세상을 그렇게 만들었을 것이라고 생각하나? 만약 세상이 그렇게 만들어졌다면, 지금 어떻게 되었을까? 적어도 무질서 속의 질서, 혼란 속의 평화는 가능하지 않았겠지. 작가는 자신의 창조물에 무한한 책임감을 느껴야 한다네. 별다른 생각 없이 말하거나 행동해서는 절대 안 되지. 왜냐하면 조물주가 보여준 단 하나의 이미지, 문자, 소리, 표정, 냄새, 맛에서 수천만 년 동안 이어질 세계가 탄생하기 때문이지. 설령 그것들이 자네 앞에 갑작스럽게 나타난 이유까진 이해하지 못하더라도 일단 자네의 현실을 구성하고 있는 이상 자넨 그것들을 보호해야 할 의무가 있단 말일세. 백지와 침묵과 몽환이야말로 창조의 유일한 재료니까.

날 고리타분한 창조론자라고 매도해도 상관없네. 그래도 나는 신념을 바꾸진 않을 테니까. 백과사전을 즐겨 읽고 모험을 즐기는 무신론자가 창조론을 신봉하는 건 일견 이율배반적인 행동으로 여겨지겠지. 만약 창작에 관련된 주제가 아니라면 나 역시 누구보다도 열정적으로 창조론자의 우매함과 진화론의 타당함을 주장할 수 있을 거야. 하지만 창작은 분명히 다른 문제네. 능력과 생명이 유한한 인간이 살아서 조물주의 흉내를 내려고 한다면 당연히 창조론을 따라야 하지 않겠나? 허투루 등장하는 인물이 존재하고 그들이 허투루 사건을 만들어낼 수 있다면, 그런 책은 자네가 창작했다기보다는 누구에게선가 전달받았다고 할 수 있으니, 자네에겐 그 책을 팔아 돈을 벌어들일 권리가 없는 셈이지.

중언부언하는 것보단 실례를 하나 드는 게 자네를 더 쉽게 이해시킬 수 있을 것 같군. 폭풍우가 밀려오기 사흘 전에—어쩌면 그 사건 때문에 폭풍우가 밀려왔을 수도 있겠지. 조물주든 고래든 유령이든 간에 누군가는 불의와 비겁을 단죄하고 싶었을 테니까—포경선에서 두 사람이 감쪽같이 사라졌네. 선장은 누군가 살인을 저질렀다고 판단하고 범인을 찾아내려 했지. 하지만 선원들 중에서 알리바이가 확실하지 않은 자는 두 명의 실종자들 말고는 없었다네. 그래서 선장은 실종자 두 명이 싸우다가 함께 바닷속으로 뛰어든 것이라고 결론지었지. 하지만 나는 그 결정에 수긍하지 않았네. 비록 두 명이 모두 죽었다고 하더라도 그들 중엔 분명 살인자가 있고 피해자가 있을 것이라고. 피해자의 억울함을 해결해주고 살인자를 단죄하기 위해서라도 반드시 인과관계를 밝혀야 한다고 주장했지. 선장은 내게 사건을 조사할 전권을 허락하였네. 그래서 동료들을 만나 인터뷰했지. 하지만 증언은 정확히 반으로 나뉘었다네. 두 사람 모두에 대해 절반의 증인들은 살인자라고 말했고 절반의 다른 증인들은 피해자라고 말했지. 그러니까 적어도 둘 다 서로에게 살의를 지니고 있었다는 사실만큼은 밝혀진 거야. 그렇다면 무엇이 그들을 살인자와 피해자로 나누었을까. 미리 준비한 시나리오였는지, 아니면 전혀 예상치 못한 우연이 그런 결과를 만들었는지, 그걸 밝혀낼 방법은 없었네. 하지만 나는 반드시 둘 중 한 명을 살인자로 지목해야 했다네. 왜냐하면 선장의 이름으로 준엄한 판결이 내려지지 않는다면 또 다른 살인자와 피해자가 나타날 수 있기 때문이지. 인간에겐 원인보다 결과가 늘 중요한 법. 그래서 나는 아무 증거나 확신도 없이, 하지만 마치 명백한 증거와 확신이 있는 것처럼 행동하면서, 한 남자를 살인자로 지목하였지. 나도 명색이 소설가이기 때문에 이야기를 만들어내는 건 그리 어렵지 않았어. 그러고는 살인자가 남긴 재산을 모조리 빼앗아 피해자에게 주겠다고 공표했지. 피해자가 더 많은 이득을 챙길 수 있다는 메시지를 전달하고 싶었던 것일세. 그래야 뱃사람들은 살인자가 될 생각을 하지 않을 테니까. 그래서 일이 마무리되는 것 같았네. 하지만 눈앞의 이익에 눈먼 동료들이 증언을 번복하면서 상황이 급변했네. 피해자와 가해자의 정체가 더욱 분명해졌다는 말이 아니라, 더욱 모호해졌다는 말일세. 결국 실종자 중 한 명을 살인자로 만들기 위해선 그를 피해자라고 주장하는 자들을 모두 설득시켜야 했는데, 그건 불가능했지. 결국 세번째 실종자가 생겨났고, 다행히 살인자를 찾아낼 수 있었지. 하지만 그를 처벌할 수는 없었다네. 왜냐하면 이전의 살인범이 확정되지 않았기 때문이지. 조물주에겐 사건들이 허투루 일어날지 모르지만, 인간에겐 그렇지 않다네.

내 이야기가 너무 길어진 것 같아 미안하군. 그러니 이제 이 편지를 마무리 지어야 할 것 같아. 나는 자네의 소설을 읽은 적이 없네. 그걸 받자마자 바다에 던져버렸다네. 그리고 이 편지도 곧 똑같은 운명을 맞이하게 될 것일세. 나는 자네를 알지 못하고 우리 사이에는 기껏해야 내가 쓴 소설 한 권이 놓여 있을 따름이네. 그걸 자네가 읽었는지 읽지 않았는지는 전혀 중요하지 않네. 난 이미 동시대 사람들에게서 너무 많은 고통을 받았기 때문에 자네처럼 후대 사람들에게까지 시달리고 싶진 않지만, 자네의 독서를 방해하진 않겠네. 자네가 정중히 초대해도 난 응하지 않을 것이고, 자네가 날 납치해서 자네의 책 속에 가둔다고 하더라도 삶 쪽으로든 죽음 쪽으로든 매일 도망칠 궁리를 할 걸세. 내 이름으로 출간된 책들을 모두 회수하고 싶지만, 인세를 이미 탕진해버린 데다가 그걸 벌어서 갚을 수도 없을 것이기 때문에 그런 희망은 미련 없이 포기하겠네. 하지만 자네는 나와 내 책을 출판한 출판사에 아무런 빚을 지지 않았으니 얼마든지 자유롭게 행동할 수 있겠지. 그렇다면 제발 내 이름이 포함되어 있는 모든 책을 자네의 세계에서 없애주게나.

이게 나의 잠정적인 유언이라네. 물론 나를 태운 포경선이 지금의 폭풍우를 무사히 견디고 뭍에 도착한다면 나는 다시 유언장을 쓰겠지. 그땐 전문가들의 도움을 받아 더욱 명료한 문장들로 채워 넣을 수도 있을 거야. 하지만 내 유언장이 제대로 집행되지 못할 경우를 생각해서, 자네가 내 유언을 미리 집행해주었으면 좋겠네.

내 이름을 모두 없애려면 당연히 자네의 책도 모두 없애야 한다는 사실을 명심하게나. 이제 자네도 나의 운명을 나눠 짊어지게 되었으니, 이를 축하해야 할지 아니면 위로해야 할지 분간하기 어렵군. 부디 현명하게 대처하길 기대하겠네.

31. 한때 안드레아 폰 칼슈타트 박사라고 불렸던 거리의 짐꾼에 대해

야곱 폰 쿤텐은 엘리베이터에서 내린 노부부의 짐을 받아 들고 호텔 현관문을 나섰다. 평소 같으면 호텔 앞에 서너 대 정도 늘어서서 손님을 기다리고 있어야 할 마차들이 그날따라 단 한 대도 보이지 않았다. 노부부가 아침 식사를 하면서 체크아웃할 시간과 이동할 목적지를 미리 알려주었더라면 야곱은 그들이 호텔을 나서는 시간에 맞춰 마차를 준비시켰을 것이고 팁까지 챙길 수도 있었다. 하지만 노부부는 식사 시간 내내 거의 말이 없었다. 누구라도 간밤에 그들의 잠자리가 불편했으리라고 짐작할 수 있을 만큼 냉랭한 기운이 감돌았기 때문에 야곱은 먼저 다가가 말을 걸지도 못했다. 빈 잔에 홍차를 따르던 식당의 종업원에게 눈길 한번 주지 않고 그들은 각각 신문을 읽고 화장을 고칠 따름이었다. 그들이 식사를 마치길 기다리고 있던 지배인이 체크아웃 시간과 다음 목적지와 거기까지 이동할 수단을 물었는데도 그들은 아무런 대꾸도 하지 않았다. 그래서 야곱은 도어맨으로서 아무 일도 할 수 없었던 것인데, 정오가 가까운 시간에 손님들을 호텔 앞의 땡볕 아래 세워두는 게 모두 자신의 잘못처럼 여겨질 상황이 못마땅했다. 노인은 야곱에게 기차역으로 곧장 가는 대신 그 도시를 둘러보고 싶다고 말했다. 그래 봤자 이 도시에서 구경할 만한 곳이라곤 교회와 갤러리와 도서관이 전부이고 그곳들 모두 호텔에서 멀리 떨어져 있지 않기 때문에 그들이 짐을 들지 않는다면 한나절의 산보만으로도 충분히 둘러볼 수 있었다.

야곱이 짐을 자신이 맡아두겠다고 말했는데도, 노부부는 극구 사양했다. 명소를 둘러본 후 그들은 곧바로 기차역으로 가서 이 우울한 도시를 한시라도 빨리 떠나고 싶었던 것이다. 그래서 야곱은 그들을 따라다닐 짐꾼이 필요하겠다고 생각했다. 호텔에서 멀지 않은 공터에 짐꾼 한 명이 앉아 있는 게 보였다. 10여 년째 그 호텔 로비에서 손님들의 출입을 돕고 있는 야곱에게도 낯선 얼굴이었다. 짐꾼은 노부부만큼이나 나이가 들어 보였고 그런 일을 시작한 지 얼마 되지 않았는지 피부는 너무 하얬으며 팔다리 근육이 부족해 보였다. 형형한 눈빛과 오만한 태도 또한 짐꾼의 장점처럼 여겨지지 않았다. 야곱은 사환을 급히 보내어 자신이 잘 알고 지내는 짐꾼들을 불러오고 싶었으나 그 성마른 손님들은 그럴 시간을 허락할 것 같지 않았다. 일거리를 알아차리고 슬그머니 다가온 짐꾼은 야곱의 마뜩지 않은 감정까지 간파했는지, 손님들의 짐을 들고 뒤따르면서 그들이 들르려는 명소들에 대한 역사와 가치를 상세히 설명해주겠다고 약속했다. 손님들이 짐꾼의 호기에 흥미를 지니게 된 이상 야곱은 그들의 거래를 차마 방해할 수는 없었다. 대신 손님들을 불편하게 만들 수 있는 어떤 설명이나 행위도 해서는 안 된다고 짐꾼에게 주의시켰다. 그들이 호텔을 떠나는 뒷모습을 지켜보면서 야곱은 이유를 설명할 수 없는 불안감에 한동안 사로잡혔다. 그것은 태양의 열기보다도 더 선명한 징후였다.

사물을 분간할 수 없을 정도로 어두워진 거리를 가로질러 노부부가 호텔로 돌아왔다. 그들의 표정에는 공포와 피로가 섞여 있었으나 아침에 감지되었던 냉랭함은 더 이상 남아 있지 않았다. 도시를 산책하면서 그들이 공통적으로 경험했던 사건들이 유대감을 회복해준 게 분명했다. 하지만 그들 손엔 짐이 들려 있지 않았고 뒤따르는 짐꾼도 없었다. 호텔의 복무 규정상 도어맨은 지배인보다 먼저 나서서 손님에게 이런저런 질문을 던져서는 안 된다. 그래서 지배인이 그들을 소파 위에 앉히고 자초지종을 묻고 있을 때 야곱은 짐짓 문밖의 상황에 집중하는 척하면서 그들의 이야기를 엿들었다. 노부부에게 일어난 황망한 사건이 그 정체불명의 짐꾼과 연관되어 있다는 건 바보도 짐작할 수 있었다. 어쨌든 그 짐꾼을 선택하고 임무를 맡긴 게 자신이었으므로 비난이나 책임을 피해 갈 수는 없을 것이다. 자신의 월급으로 손님들이 잃어버린 소지품들을 배상해야 할 것이고, 손님들이 떠나면 지배인은 그를 마치 노예처럼 질책할 것이며, 10여 년의 노력 끝에 겨우 오르게 된 도어맨의 지위에서 사환의 발밑까지 굴러떨어질 수도 있다. 운이 나빴다는 변명은 자칫 직업을 빼앗길 명분을 제공할 수 있기 때문에 끝까지 말하지 않을 작정이었다.

노부부의 이야기를 다 듣고 난 지배인은 그들에게 공짜로 호텔 방과 저녁 식사를 제공했다. 그러곤 야곱을 따로 불러 그 짐 꾼을 데려오도록 지시했다. 지배인이 그 짐꾼의 집주소를 알고 있는 것으로 보아 그들은 구면인 게 분명했다. 하지만 야곱은 궁금증을 억누를 수가 없었다. 그래서 그 짐꾼이 살고 있는 집으로 곧장 가지 않고 자신과 안면이 있는 마차꾼을 찾아 나 섰다. 그 마차꾼은 그 도시에서 매일 일어나고 있는 사건들과 그것들에 개입된 사람들의 신상에 대해 모르는 게 없었다. 만약 정오에 그 마차꾼이 호텔 앞에서 손님을 기다리고 있었더라면 자신에게 오늘의 비극은 결코 일어나지 않았을 것이라고 생각하니, 야곱은 자신이 겪은 불운의 일부를 그에게 전가하고 싶은 충동에 사로잡혔다. 도어맨이 마차꾼보다 더 높은 신분이라는 믿음이 이런 생각을 가능하게 했다. 마차꾼은 선술집에서 혼자 독주를 마시고 있었다. 이유를 알 수 없는 행운 덕분에 그는 일주일 동안 애써야 벌 수 있는 돈을 오늘 한나절에 벌었다며 흥분했다. 그러면서 야곱에게도 술 한잔을 권하였는데, 호텔에 취업한 이후로 단 한 잔의 술도 마시지 않는다는 사실을 잘 알고 있는 그가 자신을 시험해보려고 일부러 그런 제안을 한 것이라고 생각하니 야곱은 부아가 치밀었다. 그래도 그는 간신히 냉정함을 유지하면서, 정오쯤에 거리에서 만난 짐꾼의 인상착의를 설명하였다. 고작 그의 흰 피부와 형형한 눈빛에 대해 말했는데도 마차꾼은 그 짐꾼의 정체를 단숨에 알아차렸다.

그는 한때 대학에서 신학을 가르친 교수였지. 공부를 많이 해서 박사학위까지 받았는데, 스스로 기득권을 포기한 채 타향인 이 도시로 와서 짐꾼이 되었지.

교수였을 때 그는 교황과 황제가 하느님의 권위를 훼손하고 있다고 주장했지. 훗날 루터가 그런 생각을 완성할 수 있었던 것도 그 교수 덕분이었지.

루터는 그를 안드레아 폰 칼슈타트 박사님이라고 부르며 따랐다지.

박사는 성상(聖像)을 만드는 것이 십계명 중 제1의 계명을 어기는 일이기 때문에 교회에서 성상을 추방해야 한다고 주장했지. 실제로 자신의 뜻에 동조한 사람들을 이끌고 교회로 쳐들어가서 성상을 파괴한 적도 있었다고 들었네. 그것으로도 만족하지 못하여 그는 교회에 걸린 성화까지 없애려고 시도했다지.

그의 주장은 그 당시 젊은 사제들이나 고위 성직자들 사이에서도 공공연하게 논의되고 있었기 때문에 성서의 권위 안에서 묵인해줄 수도 있었지.

하지만 박사는 모든 이의 인내를 뛰어넘어서, 성서를 기록한 문자 역시 우상에 불과하고 권력자들이 그 문자를 독점한 이상 그걸 배우는 건 곧 권력자들에게 예속되는 것을 의미하기 때문에 문자를 거부해야만 비로소 하느님의 메시지를 정확히 이해할 수 있다고 주장했지. 그러니까 하느님이 우리같이 천한 자들에게는 구원을 약속하지 않은 게 아니라, 하느님이 약속한 구원의 내용을 권력자들이 성서에 문자로 옮겨 적으면서 우리를 수혜자의 목록에서 빼냈다는 거야.

그래서 그는 스스로 문맹이 되었다고 선언했지. 그러곤 자신을 따르는 무리에게도 그 방법을 가르쳤지.

그를 따르는 무리야 원래부터 까막눈이었기 때문에 그의 가르침을 따르는 건 전혀 어렵지 않았어. 하지만 그 박사는 엄청난 독서를 통해 이미 세상의 모든 지식을 깨우쳤기 때문에 문자를 버리는 게 쉽지 않았을 테지.

세상의 모든 문자를 읽고 이해할 수 있었던 자가 어떻게 하루아침에 문맹이 될 수 있는지, 나같이 우매한 자들이 이해할 수는 없었지.

그가 오늘 오후에 도서관에 들어가서는 그곳에 보관되어 있던 책들을 모두 불태우려 시도했다더군. 실제로 몇 권의 책이 불타긴 했는데 불길이 커지기 전에 사서가 간신히 진압했다고 들었네. 짐꾼이 성화(聖畵)와 관련된 책을 꺼내 읽는 걸 수상하게 여긴 사서가 그의 일거수일투족을 은밀하게 감시하지 않았더라면, 어쩌면 도서관뿐만 아니라 이 도시 전체가 폼페이처럼 모조리 불탔을지도 몰라. 자네도 알겠지만, 우리 도시에서 가장 중요한 건물이 교회와 도서관이 아닌가.

2백여 년 동안 교회 앞에 우뚝 서 있었던 성아우구스티누스의 흉상을 밤사이에 파괴한 자들도 그의 추종자라는 소문이 오

래전부터 돌았는데, 유감스럽게도 아직까지 증거를 찾아내진
못했지.

　내가 자네에게 충고할 위치에 있는지는 모르겠지만, 내가 자
네라면 오늘 밤 결코 그의 집을 찾아가지 않을 걸세. 그의 집
주변으로 그를 체포하려는 군인들과 그의 체포를 막으려는 추
종자들이 일촉즉발의 기세로 대치하고 있을 테니까, 어느 쪽이
든지 간에 자네의 출현을 반기지는 않을 거야. 게다가 용케 그
들의 감시를 뚫고 박사를 만날 수 있다고 하더라도 그를 그곳
에서 데리고 나오는 건 거의 불가능할 걸세.

　왜냐하면 그와 눈이 마주치는 순간 자넨 그가 지닌 신비한
매력에 즉시 굴복당하고 말 것이니까.

　그를 추종하는 자들이 농민들을 포섭하여 전쟁을 준비하고
있다는 소문도 들리네.

　내가 자네라면 당장 그 멍청한 제복을 벗어던지고, 그 짐꾼
의 추종자들이 찾아내지 못할 곳으로 서둘러 도망칠 걸세.

　이건 내가 할 수 있는 마지막 충고라고 생각하게.

　왜냐하면 나 역시 그 박사를 예수의 열세번째 제자로 추종하
고 있는 자들 중 한 명이니까.

32. 잉여의 책

높은 경쟁률을 뚫고 두 달 전에 채용된 사서 한 명이 1년에
한 번씩 진행되는 주정부의 감사를 앞두고 장서 목록과 실물을
일일이 확인하다가, 목록에 기록되지 않은 책 여섯 권을 발견
했다. 바코드가 붙어 있지 않은 낡은 책 두어 권을 처음 발견했
을 때만 하더라도 그녀는, 구텐베르크가 금속활자로 최초의 성
서를 인쇄했던 도시의 명성에 걸맞게 독서에 지나치게 열광한
시민들 때문에―시민들은 장서의 숫자가 너무 적고 대여 기간
이 너무 짧다고 불평했고, 도서관장은 정치인들을 만날 때마다
도서관의 연간 예산이 너무 부족하다고 호소했으며, 사서들은
자신들이 책을 돌보는 것인지 죄수를 감시하는 것인지 모르겠
다고 틈만 나면 도서관장에게 볼멘소리를 했다―바코드가 떨
어져 나갔는데도 제대로 수리를 받지 못한 것들이라고 생각했
으나, 곧이어 새 책인데도 바코드가 붙어 있지 않은 네 권을 더
발견하자 생각을 바꾸어 이유를 조사해야겠다고 마음먹었다.
새로운 책들이 도서관에 입수되면 여러 단계의 절차를 거쳐 장
서 목록에 등록되는 데다가 목록이 망실되는 상황에 대비하여
네 부의 복사본을 각각 다른 곳에 보관하고 있기 때문에 목록
에 문제가 있을 수는 없었다. 그리고 여섯 권을 제외한 나머지
책들의 행방―서가에 꽂혀 있거나 신분이 확실한 시민이 읽고
있거나 세계 도서 전람회 같은 곳에 대여되어 있었다―은 다

섯 부의 목록에서 모두 일치했다. 그러니 이력을 찾을 수 없는 여섯 권의 책은, 책을 읽으려는 목적보다는 책을 쓰려는 목적으로 도서관에 들렀던 시민들의 가방 속에서 떨어져 나온 것일 수도 있고, 광고를 목적으로 출판사에서 보내온 책들이 사서들의 책상 위에 쌓여 있다가 청소부들의 실수로 섞여들었을 수도 있으며, 도서를 기증하는 정식 절차를 귀찮게 여긴 시민들이 바지춤에 몰래 숨겨 들어와서 서가에 꽂아두었을 수도 있었다. 도서관에서 대여한 책을 분실했거나 파손했을 경우 서점이나 헌책방에서 같은 책을 구입하여 배상할 수 없으며 반드시 도서관에 신고하고 서류를 작성한 뒤 책값의 열 배를 벌금으로 지불해야 한다는 규정에 수긍하지 않고 끝까지 새로운 책으로 배상하려 했다가 제도와 공무원들의 완곡함에 크게 실망한 시민이 저주 섞인 욕설과 함께 지뢰처럼 그것을 도서관에 묻어놓았을 수도 있다. 출판사 직원이나 작가가 직접 책을 숨겼다는 상상도 얼마든지 가능하다.

하지만 도서관이 시민들의 세금으로 운영되고 있고 주정부에 의해 매년 세금 지출의 적법성을 감사받고 있는 이상 책들의 숫자가 장서 목록과 정확히 일치해야 했는데, 그렇지 않다면 도서관을 관리하는 자들의 태만과 무능력을 추궁받을 위험이 있었다. 목록에 비해 책들의 숫자가 많다고 해서 환영받는 것도 아니었다. 등록되지 않은 책들을 관리하는 데 세금을 쏟고 있다는 비난이 가능했고, 한정된 인력으로 과잉의 책들까지 관리하느라 정작 수행해야 할 업무에는 집중하지 못하고 있다는 뜻으로 해석될 수도 있었다. 더욱이 알렉산드리아 프로젝트를 진행하면서 국가의 철학이나 역사를 부정하는 책들까지 무분별하게 코딩하면서 국가와 책의 미래를 훼손하고 있다면 누군가는 책임을 반드시 져야 했다.

이런 상황에 전혀 익숙하지 않은 사서는 자신이 확인한 사실을 도서관장에게 보고해야 할지 말아야 할지 판단이 서지 않았다. 그래서 가장 친한 선배를 찾아가 조언을 구했는데, 그는 아무렇지도 않은 표정으로, 자신이 이곳에서 일을 시작한 이후로 매년 같은 상황이 반복되고 있는 데다가—그는 이런 상황이 구텐베르크의 전통과 연관되어 있다고 생각했다—잉여의 책들은 대개 시중에서 언제든 쉽게 구입할 수 있을 만큼 가치가 낮은 것들이기 때문에 굳이 도서관장에게까지 보고할 필요 없이 그녀가 알아서 처리하면 충분할 것이라고 충고했다. 만약 이런 사소한 일까지 언론에 알려지게 된다면, 세금을 전혀 납부하고 있지 않은 시민들조차 시위대에 합세하여 관련자들의 처벌을 요구할 것인데, 이런 사소한 일을 책임지려는 고급 공무원들은 존재하지 않기 때문에 결국 자신과 같이 힘없는 하위 공무원들에게만 불똥이 튈 것이라고 불퉁거렸다. 잉여의 책들을 발견하는 것은 사서들 사이에서는 복권에 당첨된 것처럼 여겨지고 있기 때문에 굳이 동료들에게 이 사실을 알릴 필요 없이 개인의 가방 속에 집어넣어두었다가 퇴근길에 지하철역 부근의 헌책방에 들러서 팔아치우면 맥주 값 정도는 벌 수 있을 것이라고, 그것을 집으로 가져가거나 누군가에게 선물로 주는 것은 어리석은 일이라고 덧붙이면서, 겸연쩍게 웃으며 그는 자신의 의견에 수긍하길 그녀에게 강요했다.

그래서 여섯 권의 잉여의 책을 발견한 사서는 동료들의 일상과 미래를 위태롭게 만들지 않기 위해 이 찜찜한 제안을 받아들일 수밖에 없었는데, 잉여의 책이 담겨 있는 가방을 메고 도난 방지 시설이 작동하고 있는 도서관 출입문을 통과할 때 그녀는 너무 긴장한 나머지 무릎이 꺾여 바닥에 주저앉는 바람에 동료들의 의심과 조소를 한몸에 받아야 했다. 선배의 도움으로 위기를 모면한 그녀는 혹시라도 있을지 모를 추적자들을 따돌리기 위해 일부러 거리를 한 시간가량 배회하다가 헌책방으로 들어섰다. 그곳의 문을 열었을 때 자신의 얼굴로 들이닥치던 열기와 냄새는, 자신이 마치 베를린 광장에서 불타고 있는 책들 속에다 자신의 일기장을 던져 넣은 유겐트 단원이라도 된 것 같은 수치감을 느끼도록 만들었다. 나치는 비독일인의 영혼을 정화시키기 위해 책을 불태운다고 선전했다.

33. 책의 어원이 시작된 나무와 책의 미래를 파괴하는 바이러스

하지만 너도밤나무 숲을 빠져나온 직후부터 재앙이 시작되

었습니다. 우리가 지나가는 곳마다 역병이 번져 책 속의 등장
인물이 거의 모두 살해되었기 때문입니다. 겨우 살아남은 자들
역시 기괴하게 일그러져서 도무지 정체를 알아볼 수 없었을 뿐
만 아니라 그들이 들려주는 이야기 또한 전혀 알아들을 수 없
었습니다. 마차 위에 앉아서 혁명의 끝에 이르는 표지판을 찾
는 데에만 온통 정신이 팔려 있던 저는 마차가 지나쳐온 세상
을 느껍게 추억할 여유가 없었습니다. 갑자기 마르틴 피에로의
멋진 모자가 바람에 날려 가는 것을 시선으로 뒤쫓다가 비로소
우리가 만든 역사의 비참한 광경을 보게 된 것이죠. 그것은 결
코 우리가 추구하는 세상에 포함될 수 없는 것이었습니다. 그
래서 저는 마차가 길을 잃은 것이라고 생각했습니다. 말머리
를 돌려 되돌아가야 한다는 생각과 함께, 대의를 위해 어쩔 수
없이 희생해야 하는 것들을 혁명이 완성된 뒤에 반드시 보상해
주어야겠다는 생각을 거의 동시에 했습니다. 제가 과거를 너무
오래 들여다보고 있다고 판단한 마르틴 피에로는 옆에 앉아 있
던 니콜라이 스따브로긴에게서 러시아식 털모자를 빼앗아 쓰
면서 저의 알량한 죄책감이 마차의 속도를 줄이는 걸 막으려
고 애썼지요. 니콜라이 스따브로긴이 「인터내셔널 노래」를 프
랑스어로 부르기 시작하자 다른 동료들은 후렴구를 따라 불렀
습니다. "이것은 최후의 투쟁이니, 모두 단결하라, 그리고 내일
인터내셔널은 인류의 미래가 되리라, 이것은 최후의 투쟁이니,
모두 단결하라, 그리고 내일 인터내셔널은 인류의 미래가 되리

라." 하지만 노래가 반복될수록 저의 불안감은 더욱 커지고 무거워졌습니다. 그리고 마침내 우리의 마차가 과거를 끔찍한 폐허로 완성했다는 사실을 인정했습니다.

처음에 저는 그것이 혁명의 열매에 미리 도취된 동료들이 벌인 악행이라고 생각하고, 마차를 멈추거나 방향을 바꾸지 않은 채, 날파람 속에서 그들을 엄하게 추궁해보았습니다만 어느 누구에게서도 의혹의 증거를 발견할 수 없었습니다. 너무 완벽하고 매끈한 알리바이가 오히려 수상하게 여겨졌습니다. 그래서 저는 마차의 고삐를 마르틴 피에로에게 맡기고, 혁명의 유일한 지침서라고 존경해 마지않는 훔볼트의 책 한 권을 가방에서 급히 꺼내어 펼쳤지요. 하지만 유감스럽게도 그 책을 가득 채우고 있던 위대한 문장들은 거의 지워져 있었고 겨우 남아 있는 것들마저 용암처럼 서로 엉겨 붙어 있어서 도저히 해독할 수 없었습니다. 저는 귀머거리에 소경이 된 것 같은 충격을 받았습니다. 바람이 전혀 불어오지 않는 망망대해에서 돛과 낚싯대마저 잃어버렸을 때의 상실감이 이와 같을까요? 흰 향유고래를 쫓아 아메리카에서 남극까지 항해한 에이하브가, 잉카제국은 스페인 약탈자들의 칼과 총에 쓰러진 것이 아니라 그들의 몸에 붙어 태평양을 건너온 천연두 바이러스에 의해 파괴된 것이라고 말했을 때 비로소 저는 상황의 심각성을 정확하게 깨달았습니다.

그래서 마차의 전진을 멈추고 저의 추종자들을 마차에서 끌어내린 뒤 그들의 옷을 모두 벗겨 태우고 그들의 몸에 붙어 있는 터럭들까지 모두 잘라냈습니다. 그런 다음 역병 치료에 효과가 있다는 떨기나무즙을 강제로 들이켜게 했습니다. 제대로 방역을 하려면 책에서 이들을 완전히 격리시켜야겠다는 생각에 이르자, 그들의 눈과 귀를 멀게 하고 혀를 없앴습니다. 그리고 한때 문맹파들이 문자를 읽는 능력과 기억력을 없애기 위해 마셨다는 독극물까지 주입했습니다. 혁명가들의 우두머리였던 제가 가장 먼저 나서는 게 옳았습니다. 하지만 그들이 방해하는 바람에 뜻을 이루지는 못했습니다. 그들에게 저는 혁명의 이유이자 목적 그 자체였으니까요. 그 도서관에는 어마어마한 분량의 책들이 보관되어 있었기 때문에, 설령 자신들을 모두 잃는다고 하더라도 저의 혁명에 동조하는 동료들을 다시 규합하는 건 그리 어렵지 않을 것이라고 마르틴 피에로는 저를 설득했습니다. 그래서 저는 혁명이 완성되면 그들의 희생을 기억하기 위한 방법을 강구하겠다고 약속했지요. 저에 대한 그들의 믿음은 결코 훼손될 수 없는 것이어서, 그들은 저항하지 않고 순순히 자신의 운명을 받아들였습니다. 완전한 죽음에 이를 때까지 웃으면서 「인터내셔널 노래」를 부르는 그들 뒤에서 저는 책이 젖지 않을 만큼 숨죽여 울었습니다.

저의 모든 노력과 동료들의 고귀한 희생에도 불구하고 역병은 더욱 거세게 창궐했습니다. 사서들뿐만 아니라 주정부에서 파견된 전문가들까지 나서서 도서관 전체를 폐쇄하고 수십 톤의 소독제를 살포하였을 뿐만 아니라, 도저히 회복 가망이 없는 책과 집기 들을 도서관 밖으로 꺼내어 불태웠습니다만 역병의 기세를 제압할 순 없었습니다. 왜냐하면 그 역병을 주도한 바이러스는 그들이 알고 있는 방법으로는 제압할 수 없는 최신 변종이었기 때문입니다. 나중에 이 바이러스의 이름은 너도밤나무 바이러스로 명명되었는데, 책의 어원이 시작된 나무와 책의 미래를 파괴하는 바이러스가 하나의 이름으로 묶였다는 사실은 아이러니였지요.

아무튼 일주일 사이에 5층 높이의 건물에 보관되어 있던 수십만 권의 책이 모두 파괴되었고 그 결과 10세기에서부터 현재까지 걸려 있던 현수교는 완전히 끊겼습니다. 바이러스가 어떻게 책의 정신성과 물질성을 한꺼번에, 그것도 그렇게 빠른 시간에 파괴할 수 있었는지 여전히 이해할 수 없습니다만, 이교도들에 의해 불타고 있는 알렉산드리아의 도서관을 나일강 건너편에 서서 쳐다보고 있을 때와는 분명 다른 감정을 느꼈습니다. 참담한 결과에 비해 파괴의 과정은 너무나 고요해서 공포심은 더욱 커졌습니다.

목적지를 얼마 남겨두지 않았기 때문에 저는 다른 동료들을 찾아내야 했습니다. 마차 없이 걸어서라도 그곳에 도착하고 싶었습니다. 하지만 아무도 찾아낼 수 없었습니다. 대부분이 소독제에 의해 살해되었거나 문맹이 된 데다가 겨우 살아남은 자들도 자신들에게 재앙을 불러일으킨 무리에 대해 극도의 적개심을 품고 있었기 때문에 저는 대낮에 그들 앞에서 모습을 드러내는 것조차 무서웠습니다. 폐허 위에는 제 몸을 숨길 만한 은신처가 거의 남아 있지 않아서 저는 책을 읽을 수 없는 밤에만 너도밤나무 냄새가 나지 않는 쪽을 향해 은밀하게 움직여야 했습니다. 당연히 진도는 너무 더뎠지요. 만약 제 운명이 스스로의 의지에 의해 결정될 수 있었다면 저는 다양한 방법으로 자살을 시도했을 테지만, 제가 속해 있는 책의 운명이 작가에 의해 이미 결정되어 있기 때문에—역병에 그 작가가 살아남았을지는 모르겠습니다만, 운 좋게 살아남았을지라도 문맹이 되었을 수도 있습니다—, 설령 작가가 전혀 의도하지 않은 이야기를 제가 만들어낼 수는 있어도 스스로의 운명에 영향을 미칠 어떤 행동도 할 수는 없었습니다. 그저 행간을 끊임없이 오가면서 중얼거리는 게 무위의 시간에 저항하는 유일한 여흥이었습니다.

그러다가 헌책방의 직원이 그 도서관에 채용된 지 일주일 만에 해고된 덕분에 저는 그의 가방 속에 들어 있던 책에 숨어 헌책방으로 돌아올 수 있었습니다. 그런데 그 책 안에는 이미 많은 난민이 저보다 일찍 도착해 숨어 있었습니다. 그들 중엔 안면이 있는 자들도 섞여 있었지만 전 공포에 사로잡혀 있어서 새로운 난민 따위에 관심을 쏟을 여유가 없었습니다. 겨우 숨을 쉴 수 있을 만큼의 공간에 머물면서도 저는 아무런 불평을 하지 않았습니다. 적어도 거기서 혁명 따윌 생각해선 안 되었습니다―만약 그때 누군가 난민 수송선과 같은 그 책을 읽게 되었다면 자신의 행운을 감사하거나 불운을 원망하였을 것입니다. 수백 권의 위대한 책을 한 권으로 읽게 되었다고 기뻐하는 자들에겐 행운이겠지만, 한 권의 책을 읽기 위해서 수십 권의 독서가 선행되어야 한다고 생각하는 자들에겐 불운으로 간주되겠지요―. 저를 납치하고 도시 한복판의 도서관에 파견한 뒤 헌책방에 숨어서 소식을 초조하게 기다리고 있던 압제자들은 필경 저의 패배를 용납하지 않을 것 같아서―매독으로, 총알로, 방사선 낙진으로, 종교재판과 화형으로, 멕시코산 고추로, 그리고 무자비한 전차의 바퀴로―귀환하는 내내 불안했습니다만, 저와 같은 책에 타고 있는 자들이 그들의 주의를 흩어놓는―거세(去勢)로, 은폐로, 납 우산으로, 성서로, 설탕으로, 차단기로―사이에 제 몸 하나 숨길 수 있을 것이라는 기대로 고통을 묵묵히 견뎠습니다.

다행히 압제자들은 항구에서 저를 기다리고 있지 않았습니다. 참담한 실패 소식을 미리 전해 듣고 새로운 영웅을 납치하기 위해 헌책방을 잠시 비웠거나 너도밤나무 바이러스에 감염되는 게 두려워서 일제히 몸을 숨겼을 수도 있습니다. 아무튼 다시 돌아온 헌책방은 폐허에서 완벽하게 격리되어 있어서 인큐베이터 안처럼 고요했습니다. 천국의 지루함 대신 지옥의 고단함을 선택하는 편이 낫겠다고 생각할 정도였습니다. 저를 더 이상 열광시키지 못하는 혁명의 당위성에서 해방되고 싶었습니다. 도서관의 환경에 비하면 열악하기 그지없는 그곳에서 난민들은 적응하지 못해 이런저런 불만을 늘어놓았습니다. 그러고는 누가 먼저라고 말할 수 없을 만큼 거의 동시에 헌책방을 전복 또는 개조하려는 활동을 시작했지요. 저는 마지못해 그들의 지침을 따르면서도 저 혼자서만 향유할 수 있는 시공간으로 숨어들 기회를 참을성 있게 기다렸답니다. 그래도 저의 옛 동료들이 생각날 때마다 소리를 내지 않고 「인터내셔널 노래」를 불렀습니다.

34. 테미까마틀 전투[16]

라스 살리나스Las Salinas 전투에서 승리하여 반역자 알마그로를 처형한 피사로가 3년 뒤 알마그로 아들의 습격을 받고 살해될 때까지 평화는 그럭저럭 유지되었다. 하지만 피사로는 형제와도 같은 동료를 제 손으로 처형한 뒤부터 어느 누구도 믿을 수 없게 되었고 그동안 일군 재산과 명성에도 만족할 수 없었다. 잉카인들과 스페인 군인들 모두에게 잔혹하기 이를 데 없던 자신 역시 잔혹하기 이를 데 없는 운명에 조만간 파멸할 것

---

16   현재까지 밀림에서 살아남은 과라니족은 자신의 조상들이 꿈의 책temicámatl과 신성한 달력tonalphualli과 해의 책xiuhámatl을 배웠다는 걸 기억했다.

이라고 생각하니 몹시 초조했다. 더 늦기 전에 다시 한번 세력을 결집하여 망코 잉카가 엘도라도에 숨겨놓은 황금을 찾아 나서야겠다고 그는 결심했다. 그것이 수년 동안 반역과 도피를 반복하느라 지치고 불퉁스러워진 부하들을 달래는 유일한 방법이자 스페인 황제에게서 영원한 안식을 얻어낼 마지막 기회였다. 그래서 피사로는 자신이 불태워 죽인 아타우알파 황제의 조카이기도 한 자신의 딸을 은밀히 불러 자신의 뜻을 밝혔다. 이는 세 가지 이유가 있었는데, 우선 자신의 주변에 있는 남자들이라곤 하나같이 알마그로를 대부처럼 믿고 따랐기 때문에 믿을 수 없었고, 두번째는 아타우알파 황제의 또 다른 조카였던 자신의 아들이 어린 나이에 죽었기 때문이며, 여전히 망코 잉카를 아타우알파의 후계자이자 잉카의 황제로 인정하지 않는 잉카인들이 많았기 때문에 아타우알파의 조카를 앞장세운다면 그들의 도움을 받아 엘도라도에 이르는 길을 쉽게 찾을 수 있으리라는 기대가 세번째였다.

아타우알파의 여동생이었던 피사로의 아내는 아타우알파의 유일한 혈육을 통해서 잉카제국을 재건하겠다는 당찬 야망을 지니고 있었기 때문에, 아버지와의 약속을 깨뜨린 채 비밀을 발설한 딸을 안심시키며 아버지의 제안을 순순히 받아들이라고 충고했다. 스페인 정복자들만큼이나 망코 잉카 역시 적이었으므로 그녀는 우선 제 남편의 힘을 빌려 망코 잉카부터 제압해야겠다고 생각했다. 모녀는 한참 동안 서로를 부둥켜안고 흐

느꼈는데, 가혹한 운명에 대한 무력함 때문이 아니라, 새로운 운명을 스스로 개간할 기회를 얻게 되었다는 감격 때문에 그랬다. 어머니는 자신의 자식들에게―죽은 아들을 포함해서―침략자들의 악행을 끊임없이 기억시키고 훗날 잉카 황제의 후예로서 지녀야 할 덕목들을 차근차근 가르쳤던 것이다.

아버지의 전폭적인 지원을 받은 딸은 잉카인들만으로 군대를 꾸리고 스페인식으로 훈련을 시켰다. 아버지와 그의 형제들에게서 오해를 사지 않기 위해 잉카 군인들은 모두 스페인 이름으로 개명했고 성당에 들러 세례를 받았을 뿐만 아니라, 훈련을 마치고 막사로 돌아와 잠들 때까지 그들은 성서를 읽으면서 스페인어를 공부했다. 모든 걸 도맡아서 능숙하게 해결하는 딸이 피사로는 대견스럽기도 했지만 잉카 황제의 핏줄을 따라 유전되는 특성에 가끔 섬뜩해지기도 했다. 심지어 그는 자신의 딸이 어느 순간 재규어로 변신해서 자신의 목덜미를 무는 꿈을 여러 번 꾸기까지 했다.

아버지의 거듭되는 만류에도 불구하고 잉카 혈통의 딸은 가을비가 내리는 아침 자신의 군대를 이끌고 숙소를 떠났다. 잉카인 군대에 적개심을 품은 자신의 형제와 부하 들을 억누르는 데 피사로도 점점 힘이 부치고 있었으므로―자신의 충복조차도, 잉카 군인들은 엘도라도를 발견하고도 결코 황금을 찾아 되돌아오지 않을 것이고 그들이 반역을 일으킨다면 스페인 사람들은 이 대륙에서 단 한 명도 살아남지 못할 것이므로, 아타우알파를 다뤘던 방법으로 화근을 없애는 게 현명하다고 피사로의 결정을 재촉하였다—딸의 결정이 반갑지 않은 것만은 아니었으나, 한편으로 호위대처럼 자신을 지켜주던 그들이 떠난 이후 자신의 안위가 걱정되기도 했다. 그래서 피사로는 스페인 충복 몇 명을 잉카인 군대의 참모로 배치하는 한편 해안에 정박되어 있는 배로 자신의 처소를 옮기고 용맹한 자 몇 명에게 호위를 맡겼다. 군대를 이끌고 떠나가던 딸은 마을 입구에 이르러 말에서 내리더니, 수십 년 전 페루의 해안에 도착한 자신의 아버지가 그랬던 것처럼, 들고 있던 칼끝으로 바닥에 금을 그었다. 뜻을 이루지 못한다면 결코 그 금을 넘어서 되돌아오지 않겠다는 결연한 의지를 표명하기 위한 것이다. 피사로는 크게 감복하면서 손을 흔들었지만, 그녀의 어머니는 소매 속에서 흐느꼈다.

알마그로의 아들과 그 잔당들에게 살해될 때까지도 피사로는 자신의 딸을 기다렸다. 죽기 이틀 전에 잉카인 군대의 참모로 배치되었다가 전장에서 간신히 살아돌아온 충복의 이야기를 듣고 피사로는 자신의 죽음을 예감했지만 겉으로 표시하지는 않았다. 사실 그 이야기는 피사로 자신이 붙잡은 잉카인들에게서 수십 년 동안 반복해서 들었던 것에 불과했다.

잉카인 군대는 피사로의 기대대로 황금을 찾아 무난히 진격했다. 그들이 잉카 언어로 테미까마틀이라고 부르는 지역에 도착했을 때쯤 정체를 알 수 없는 적들과 마주쳤다. 스페인 참모들의 눈에도 적들은 결코 평범한 인간들로 구성되어 있지 않았다. 평생 듣거나 보지도 못한 무기를 들고 철로 만든 동물들 위에 그들은 앉아 있었다. 아무리 총을 쏘고 창을 던져도 그들은 상처 입거나 물러나지 않았다. 악마의 도움을 받지 않고서는 결코 불가능한 일이었다. 그들이 쓰는 언어 또한 전혀 알아들을 수가 없었다. 엄청난 사상자를 내면서 두어 명의 적을 겨우 생포하는 데 성공하였으나 그들은 마치 연기처럼 간단히 포박을 벗어났을 뿐만 아니라 기묘한 환상을 눈앞에 펼쳐 보이기까지 했다. 아타우알파가 등장하여 그들을 꾸짖기도 했다. 잉카 군인들은 신의 사자들에게 더 이상 저항하지 않고 무기를 버린 채 투항했다. 그리고 신기하게도 일제히 깊은 잠에 빠져들었다. 잉카인 군대를 이끌던 피사로의 딸은 무릎을 꿇고 앉아 잉카의 언어로 충성을 맹세하면서 자신의 선조와 땅과 신들을 모욕한 침략자들에게 처절히 복수해달라고 애원한 뒤 자신의 칼로 할복했다고, 전장에서 간신히 살아 돌아온 스페인 충복은 전했다.

마을에 남은 사람들의 사기를 걱정하여 피사로는 도망자를 잔인하게 처형하였다. 다음 날 미사에서 고해성사를 하기 위해서라도 결정을 머뭇거릴 수 없었다. 미사를 마치고 돌아온 피사로는 자신이 얼굴을 잘 알고 있는 자들의 습격을 받아 죽었다.

비극적 소식을 전해 들은 스페인 국왕은 군대를 보내어 반란자들을 제압하고 알마그로의 아들을 처형했다. 용케 살아남은 반란자들은 망코 잉카에게 투항하여 목숨을 보존했다가 망코 잉카의 목숨을 상납한 대가로 스페인 국왕에게 용서를 받는다. 하지만 망코 잉카의 목을 들고 돌아가는 길에 반란자들은 정체 불명의 군대와 마주하게 되는데, 그들이 몇 해 전 잉카인 군대를 학살했던 자들과 똑같은 인상착의를 지녔다는 사실을 깨닫기도 전에 죽음을 맞이해야 했다. 그런데 평화롭게 잠이 든 잉카 군인들과는 달리 스페인 군인들은 피와 살을 모두 땅에 쏟아내기 전까진 안식을 찾을 수 없었다.

다시 평화가 찾아오자 피사로의 딸이 혼자서 마을로 돌아왔다. 스페인 왕은 그녀의 혈통을 인정해주고 후작 작위를 하사하였다. 그녀는 삼촌인 에르난도와 결혼했다.

35. 책의 오류를 조치하는 방법

1. 전원 버튼을 누른다. 10초 안에 화면이 활성화되지 않을 경우 전원 연결 상태나 충전 상태를 확인한다. 전기는 교류 220볼트에 60헤르츠를 권장한다. 요즈음 대부분의 가전제품에는 국내외 어디에서도 사용할 수 있도록 프리 볼티지 기능이 탑재되어 있지만 오래전에 구입한 것이라면 제조사의 권장 사양을 세심히 확인해볼 필요가 있다. 배터리를 완전히 충전할 경우 최대 아홉 시간까지 사용 가능하지만 독서 이외의 작업을 실행했다면 보통 세 시간마다 전력 상태를 확인한 뒤 충전해야

한다. 배터리는 평균 2년까지 사용 가능하고 품질 보증 기간은 통상 1년이며, 정품을 사용하지 않아서 발생한 문제는 제조사에게서 보상받을 수 없다.

2. 전원이 정상적으로 공급되고 있고 내부 부품들이 정상적으로 작동하는 소리가 들리지만 여전히 화면이 밝아지지 않거나 해상도가 현저히 떨어진다면 액정 소자가 외부의 갑작스러운 충격에 의해 손상되었을 가능성이 높다. 충격은 물리적인 타격뿐만 아니라 고열이나 고음에 의해서도 발생할 수 있다. 자신의 부주의 때문에 액정이 파손된 게 아니라는 사실을 완벽하게 증명하기 전까지 모든 책임은 소비자에게 있으며, 이 내용은 사용 설명서에 분명하게 명기되어 있다. 액정은 부분 수리가 불가능하고 완전 교체만이 가능한데, 전자책 단말기에서 가장 비싼 부품 중의 하나가 액정이기 때문에 수리 비용이 신품 구입 비용과 큰 차이가 없다는 사실을 명심해야 한다. 액정을 수리하거나 교체하기에 앞서 그것을 활성화시키는 그래픽 카드를 살펴보라. 제조사의 인터넷 사이트에 접속하여 최신 버전의 프로그램으로 업데이트하는 걸 우선 권장한다. 운이 좋다면 부품의 수리나 교체 없이 문제를 손쉽게 해결할 수도 있다. 그리고 액정보다 그래픽 카드를 바꾸는 것이 소비자에겐 훨씬 이익이다.

3. 화면은 정상인데 기능이 조작되지 않는다면 키보드의 압전소자나 터치스크린 패널의 손상을 의심할 필요가 있다. 압전

소자나 터치스크린은 무엇보다도 습기에 취약하다. 제조사들은 단말기 자체뿐만 아니라 개별 부품에까지도 방수 기능을 추가하고 있지만 인간이 제작하는 이상 실수가 개입할 가능성은 항상 존재한다. 그래서 고금을 막론하고 샤워나 사우나를 하면서 독서하는 건 금물이다. 탁자 위에 위태롭게 올려놓은 커피도 중요 파손 원인 중 하나인데, 아메리카노보다 에스프레소를 엎지른 경우에 수리 기간이 훨씬 길고 수리 비용도 올라간다. 에스프레소에 시럽 형태로 녹아 있던 설탕이 내부 부품을 코팅하여 절연시키기 때문이다.

4. 화면이 느리게 움직이고 화상을 입을 정도로 단말기 뒷면이 뜨거워졌다면 내부의 냉각팬이 정상적으로 작동하지 않는다고 추정할 수 있다. 전원 공급에 문제가 없다면 내부로 유입된 먼지와 이물질이 팬의 회전을 방해하고 있을 수도 있다. 정체를 알 수 없는 먼지는 훌륭한 전도체이기 때문에 민감한 전기 장치 안으로 들어갔을 경우 여러 가지 말썽을 일으킨다. 그래서 대기 중 미세먼지 농도가 정상보다 높거나 이틀 이상 스모그가 지속될 경우 실외에서 단말기를 작동시키지 말고, 부득이 실외에서 사용해야 할 경우엔 한 시간에 한 번씩 전원을 끄고 내부를 청소하라는 문구가 사용 설명서에 명기되어 있는 것이다. 공식적으로 허가를 받지 않은 자가 단말기 케이스를 탈거하고 내부 부품의 표면을 걸레로 닦는 행위는 금지되어 있고, 정상 상태에서 헤어드라이어를 사용하여 먼지를 불어내되 결과가 만

족스럽지 않을 경우엔 서비스 센터를 방문하는 게 낫다.

5. 화면에 정상적으로 책의 페이지가 나타나긴 하나 내용을 이해할 수 없을 만큼 많은 단어가 파손되었거나 해독이 불가능한 문자가 등장한다면, 또는 음란한 사진이나 협박 메시지가 주기적으로 깜빡인다면 더 이상의 조작을 멈추고 백신 프로그램을 작동시켜 상황을 진단하고 적절히 치료해야 한다. 제조사가 권장하는 기간에 맞춰 백신을 업데이트하는 건 고객의 의무 조항이다. 제조사의 웹 사이트에 접속하면 제품을 구입할 때의 초기 상태로 설정된 백업 프로그램을 다운로드 받을 수 있으나 그걸 개인 단말기에 덮어쓸 경우 기존에 저장되어 있던 파일들을 모두 상실할 뿐만 아니라 이후 복원할 수 없다는 사실을 반드시 기억하라. 요즘엔 백신 프로그램을 직접 공격하는 바이러스까지 등장했기 때문에 만약 백신이 정상적으로 작동하지 않는다면 전원을 즉각 끄는 게 좋다. 5초가량 전원 버튼을 눌렀는데도 화면이 꺼지지 않을 경우엔 배터리를 분리하고 가까운 서비스 센터에 방문해야 한다.

6. 예상치 못한 오류 때문에 잠드는 방편으로서의 독서가 불가능해지는 경우를 대비하여 종이 책 몇 권을 물, 독서등, 비타민, 알람시계와 함께 침대 가까이에 상비해두는 게 이롭다. 문고판 책 한 권 분량이 되는 사용 설명서를 읽어보는 것도 나쁘지 않겠다. 사용 설명서의 모든 페이지는 서로 연결되어 있기 때문에 아무 페이지나 펼쳐서 읽다 보면 어느새 한 권을 모두

읽게 된다. 게다가 제조물 책임법에 의거하여 사용자의 생명이
나 재산에 중대한 영향을 끼칠 수 있는 위험을 예방할 목적으
로 문자 대신 삽화가 많기 등장하기 때문에 누구나 쉽게 제품
을 이해하거나 잠들 수 있다.

36. 러시아워에 재생해서 듣는 제 목소리

잠에서 깨어난 뒤에도 그토록 생생하게 꿈을 기억하는 것은
불가능하다. 그래서 Q는 자신이 잠시 최면 상태에 빠져 있었다
고 생각한다. 반역 군인과 부역자 들이 권력을 장악하고 역사
를 파괴하던 시절에 혹독한 고문을 경험한 이후로 그는 알레르
기 같은 자기방어 기제 때문에 거짓과 진실을 구별하는 능력을
완전히 상실했는지도 모른다. 사랑니처럼 강제로 뽑혀 나간 기
억의 빈자리로 매일 밤 몽마가 숨어드는 게 아닐까. Q는 하마
터면 코끼리 같은 상담사에게 어서 자신의 머리통을 짓밟아 박
살 내어달라고 소리칠 뻔했다. 땀으로 번들거리는 검은 말에서
미끄러져 내려왔을 때 처방전은 이미 완성되어 있었다.

"미안해요. 제가 점심 약속 때문에 서둘러 사무실을 나가봐
야 할 것 같아요. 녹음 내용은 이메일로 보내드릴 테니까 집에
가서 들어보시고 도움이 더 필요하시면 연락해주세요. 단, 다
음부터는 예약을 하지 않으면 오늘처럼 도와드릴 수가 없어요.

신경안정제를 일주일가량 잠들기 전에 복용해보세요. 그래도 기괴한 꿈이 멈추지 않는다면 그때 항우울제를 처방해드릴게요. 물론 어떤 어른들에겐 발기부전 치료제가 급선무이기도 하지요. 남편에게 듣자 하니 이번에 출간하신 책이 초대형 베스트셀러로 등극하고 있다던데, 다음 작품을 위해서라도 화려한 연애를 시작하는 건 어떠세요?"

Q는 진료실을 나서자마자 처방전을 찢어버렸다. 그는 그저 꿈의 내용을 수정해달라고 부탁했는데, 신경안정제나 항우울제는 자칫 그가 일생의 절반 동안 머물고 있는 꿈의 세계를 완전히 파괴할 위험이 다분했다. 꿈을 꾸는 능력을 상실한 작가가 어떻게 소설을 쓸 수 있단 말인가. 더욱이 Q에게 사랑은 자기 파괴의 신념과 열정을 무장해제시키고 시대의 폭력을 묵인하게 만드는 진통제에 지나지 않는다. 사랑의 능력 없이 태어나는 사람들에겐 소멸 이외의 다른 목적이 부여되었을 것이 틀림없다. Q는 시내버스 안에서 스마트폰으로 노래를 듣고 있다가 이메일을 받았다. 러시아워의 혼란 속에서 전자 장치로 재생하여 듣는 제 목소리는 너무 낯설었다. 최면 상태에서 자신도 모르게 쏟아낸 기억들은 녹음 장치의 오작동과 편집자의 편견에 의해 얼마든지 왜곡되었을 수도 있다. 진실은 사건 그 자체에 포함되어 있지 않고 그것을 정련하는 과정에서 합성되는 것이니까. Q는 급히 정지 버튼을 눌렀다. 그러자 시내버스는 도로 한가운데 멈춰 서서 오도 가도 못 했고, 승객들은 갖가지

불평을 늘어놓았다. 그런 세계야말로 한때 국가사회주의를 꿈 꾼 군인들이 증오하던 세계였고, 젊은 Q가 선망했던 세계였다. 그런데 지금도 그러할까.

한 달 전 빈민촌의 반지하 방에서 Q가 『카니발에서 칼을 삼 키는 알비노』를 쓴 바퀴 달린 남자를 만난 건 사실이다. 그러나 교통사고로 하반신이 마비된 이후 단 한 번도 그 남자가 집 밖 으로 나온 적이 없다는 이야기를 직접 듣진 못했다. 지속적 식 물 상태에 빠져 있는 아내 때문이라도 집을 오래 비우는 건 불 가능했을 것이다. 그런 상황에 오랫동안 갇혀 있는 자라면 고 독과 불안감에 잠식되었을 것이므로 첫인상이 거북이와 같았 다는 회상은 적절하다. 오랫동안 대필 작가 생활을 해온 Q에 게도 한 시간의 인터뷰만으로 상대의 진심을 파악할 수 있다는 장담은 허풍에 지나지 않는다. 그래도 Q는 바퀴 달린 남자에게 서 은근히 풍겨 나오는 서사적 기운을 감지할 수 있었다. 그것 은 페로몬처럼 상대의 호기심을 자극하기에 충분했다. 그래서 Q는 다음 날부터 퇴근길에 소주나 라면을 들고 그들이 사는 반 지하 방을 찾아갔다. 하루 종일 인터넷으로 세상 곳곳을 살피 는 그들이 Q의 책을 두고 벌어진 일련의 표절 시비를 모를 리 가 없었으므로, 그들이 처음부터 Q의 방문을 호의적으로 받아 들였다는 이야기는 거짓이다. Q는 처음에 서너 번쯤 문전박대 를 당했다. 세번째 찾아간 날도 밖에서 두 시간 남짓 서성거리 다가 화장실이나 쓰게 해달라고 간청한 끝에 겨우 철문 안으로 들어갈 수 있었다. 그땐 정말 위장 속의 독나비 떼들이 광란을 일으켰다. 내장까지 쏟아내고 나니 일어설 힘조차 남지 않았다. 순간 변기 위에서 잠시 혼미해졌는데, 그때 처음으로 유대인 거인을 보았다. 그것은 바퀴 달린 남자의 등 뒤에 웅크리고 앉아 바닥에서 무엇인가를 집어 먹고 있었다. 하지만 녹음기 속에서 Q는, 그들의 집에 방문한 복지상담사에게 식물인간을 잠시 맡기고 바퀴 달린 남자와 함께 대중목욕탕을 다녀온 날 밤에 유대인 거인이 자신의 꿈속에 처음으로 등장했다고 둘러댔다. 매일 밤 명치를 평발로 짓누르는 그 거인을 죽이고 싶었던 건 사실이다. 거인이 무슨 이야기로 위협했냐는 상담사의 질문에 Q는 대답 대신 입맛을 다셨는데, 음식들의 환영들이 눈앞으로 천천히 지나갔기 때문일지도 모르겠다. 거기서 갑자기 녹음은 중단되었고, 도로에 갇힌 시내버스 승객들의 새된 목소리가 Q의 귓속으로 바늘처럼 쏟아졌다.

37. 귀납의 세계에선 늘 해피 비기닝

마침내 저를 소개할 시간이 되었습죠. 여기에 너무 오래 머물고 있어서 몸이 마르고 피가 걸쭉해졌습죠. 하긴 시간이란 무의식을 만든 건 신이 아니라 당신들이고 우린 그 밖에 있습죠—그 개념을 배우느라 또 한 명의 작가를 고용해야 했습죠.

그는 소리를 전혀 들을 수 없지만 어제와 오늘 사이에 세상과 인간이 어떻게 바뀌었는지 정확히 알아낼 수 있습죠—. 오히려 우리는 엔트로피의 법칙을 역행합죠. 즉, 시간이 당신들의 세계를 파괴할수록 우린 더욱 단순하고 분명한 세계로 들어서게 되는 것입죠. 우리의 역사책—만약 우리도 그런 것을 만든다면 말입죠—에서는 사건과 등장인물 들의 숫자가 점점 줄어들고 있습죠. 그러니까 하나의 원인이 두 가지의 결과를 만들고 다시 네 가지 결과의 원인이 되는 식의 복잡한 메커니즘이 전혀 적용되지 않습죠. 애인의 상처가 아물고, 상처를 만들었던 칼이 그 상처에서 나오고, 그 칼을 쥐고 있던 자가 증오를 버리고, 두 사람이 처음 만나 머뭇거리는 순서로 사건은 진행됩죠.[17] 네 가지의 결과가 두 가지의 원인이 되고 두 가지의 원인이 하나의 결과가 되는 귀납의 세계에 우리가 살고 있다는 말입죠. 그러다가 결국 제가 당신의 원인이 될 터입죠. 카니발에서 칼을 삼키는 여자가 아무리 많은 칼을 삼켜도 죽지 않는 이유도 그러합죠. 그러니까 그녀는 새로 만들어진 칼을 삼키고 있는 게 아니라 이미 태어나면서 삼키고 있던 것들을 자라면서 하나씩 뱉고 있는 셈입죠. 유대인 거인의 허기나 멕시코 난쟁이의 상실감도 마찬가지입죠. 결국 우리의 모든 서사는

<hr>

17   원래의 문장을 인용하면 이렇다. "그러한 세계에서는 죽음이 출생을, 상처의 딱지가 상처를, 상처를 입히는 행위에 상처가 앞서 나타난다.—보르헤스, 「허버트 퀘인의 작품에 대한 연구」, 『픽션들』, 황병하 옮김, 민음사, 1997, p. 121.

해피 엔딩—당신에게는 해피 비기닝입죠—으로 끝나는데, 당신도 아시다시피, 모든 사건은 충만한 상태에서 시작되므로 상실감에서 발아한 욕망을 충족하기 위해선 사건의 끝이 아니라 그 시작에서 해답을 찾아야 하는 것입죠. 욕망의 발굴과 분산이 아니라 수렴과 매장만이 당신의 엔트로피를 줄이는 방법입죠. 충만한 인류애의 발현인 듯 당신이 억지로 만들어낸 해피 엔딩의 역겨움은 필경 식습관과 관련이 있습죠. 채식이든 육식이든 제 몸 밖의 죽음에서 자양분을 섭취하는 한 필멸의 운명에서 벗어날 수 없습죠. 우리는 원래 흙과 물과 공기만을 섭취하여 꿈과 어둠을 생산했습죠. 하지만 당신들이 우리의 식량을 빼앗아 쓸모없는 물건들을 만들기 시작하면서 우리는 하는 수 없이 당신들의 물건을 삼키게 되었습죠. 그 결과 꿈은 점점 더 조악해지고 있습죠. 그래도 우리의 해피 엔딩은 변함없겠지만 당신들에겐 더 많은 비극이 필요해질 터입죠. 그렇다고 당신들에게 슬픔을 주입하려고 이곳에 온 것은 아닙죠. 전 다윈의 오두막이라고 불리는 서커스단의 일원이자 벵골 호랑이를 담당하는 조련사입죠. 그리고 굶주린 호랑이의 먹이를 구하기 위해여기에 왔습죠. 블랙홀과도 같은 세 괴물의 사랑 때문에 그것이 허기졌습죠, 그 덧없는 사랑 때문에. 이렇게 말하는 게 유감이지만, 바퀴 달린 남자의 책은 이전의 것들과 전혀 연관이 없을 뿐만 아니라 너무 역겨워서 한 페이지를 넘기기도 어려웠습죠. 그리고 그것은 Q의 음험한 편집 의도 때문이기도 합죠. 그는 너무 오랫동안 대필 작가 생활을 해서 더 이상 구술자의 이야기를 듣지 않고 글을 쓰죠. 그래서 그가 쓴 글에는 항상 두 명의 화자가 동시에 등장해서 독자들을 혼란스럽게 만듭죠. 하긴 문자로 옮겨지는 순간 이야기는 원본과 무관해진다는 사실까지 멕시코 난쟁이가 이해할 리 없었습죠. 그리고 당신들의 세계에서 서로 연결되어 있지 않은 문자들이 고작 마흔 개밖에 없다는 걸 예상하지 못했습죠. 마흔한번째 소설이 등장하는 순간 제 꼬리를 물고 있는 뱀이 태어났습죠—우리는 이 순간을 기다렸습죠. 저속하게 말하자면 멕시코 난쟁이가 마침내 미끼를 문 것입죠—. 그리고 마흔한 권의 책들은 차례대로 번역되면서 표절 시비를 연쇄적으로 일으켰습죠. 멕시코 난쟁이는 마흔 권의 책을 모조리 없앴는데, 그게 우리가 기대했던 해피 엔딩입죠. 물론 당신의 세계에선 늘 시간이 문제입죠. 그래서 마흔두번째의 책을 당신에게 부탁하기 위해 제가 여기 찾아온 것입죠. 이것은 제 꼬리를 물고 있는 뱀의 몸 안에 마디 하나를 삽입하는 행위입죠, 제 꼬리를 더욱 깊숙이 삼킬 수 있도록. 당신은 찰나적 우연에 불과합죠. 그러니까 우린 서로 반대 방향으로 움직이는 기차를 타고 가다가 간이역에서 잠시 만난 것입죠. 당신에게서 빠져나간 시간을 제가 얻어가는 것 같아 미안해지기도 합죠. 헤어지면 우리와 당신은 빛의 4배 속도로 멀어질 것이고 당신이 지금 쓰고 있는 『카니발에서 칼을 삼키는 알비노』란 책은 바퀴 달린 남자의 동명 소설보다 앞서 발간된 것으로 판명날 것입죠. 그리고 두 권의 책은 모두 호르헤 루이스 푸네스의 그 유명한 소설 「파란 호랑이들」의 한 조각에 불과하다는 사실도 자연스레 밝혀질 터입죠. 물론, 그 속엔 알비노나 멕시코 난쟁이나 유대인 거인이 결코 나오지 않습죠. 하지만 세 권의 책에 모두 호랑이가 등장하는데, 괴물과 사람 사이에 동물을 풀어놓아 갈등을 막으려 했던 신의 의지를 드러냅죠. 표절 시비 덕분에 당신은 유명세와 인세를 좀더 얻게 될 것이지만—그것이 저의 적선입죠—유감스럽게도 곧 그것들은 채식하는 호랑이의 차지가 될 것입죠. 사실 호랑이에게서 책의 영감이 나온 게 아니라 책의 성분에서 호랑이가 태어났습죠. 꿈의 내용이 인간 각자의 소유물로 귀속된 직후에 일어난 사건입죠. 설령 당신이 여기에 도달하기 직전까지 늘어놓은 이야기를 완전히 지우고 새로운 것을 시작한다고 하더라도 결과는 전혀 달라지지 않습죠. 당신이 지금 삼키고 있는 음식과는 무관하게도 당신의 배설물 속에는 항상 어제의 음식들이 섞여 있기 마련이니까. 당신이 운명을 선택할 수 있는 게 아니라 운명이 당신을 이미 선택했습죠. 당신은 자신의 무능함을 감추기 위해 운명이란 단어를 사용하지만 그건 잘못되었습죠. 운명은 신의 유능함을 드러내기 위해 발명된 속성입죠.

38. 『우는 책』 또는 『웃는 책』에서 발췌

사자의 나라가 공화국으로 변신한 건 해프닝 때문이었다. 예년보다 한 달이나 일찍 시작된 장마의 방해만 없었더라면 왕세자를 실은 유람선은 국왕의 생신에 맞춰 본국에 닿을 수 있었을 것이다. 하지만 사위는 온통 촘촘한 빗줄기로 둘러쳐진 미로였고 유람선은 출구를 찾지 못하여 매번 같은 자리로 되돌아왔다. 파도가 높아질 때마다 더욱 시큼해지는 냄새들이 선실 구석을 독차지했다. 매일 식탁에 오르는 생선 요리가 승객들을 예민하게 만들고 있는 건 사실이었다. 권태로운 사내 서너 명이 정어리의 몸속에서 누가 가장 많은 가시를 발라낼 수 있는지를 두고 시합을 벌였다가 끝내 칼을 뽑아 들고 대치하기도 했다. 하지만 흔들리는 바닥 위에서 검객들은 중심을 잡느라 칼춤을 추어야 했는데 누군가 칼을 놓치고 넘어지기라도 할라치면 박장대소가 곳곳에서 터졌다. 쓰러진 자들에게 내민 것이 손인지 칼인지, 그래서 웃어야 하는 것인지 비명을 질러야 하는 것인지 분간할 수 없었다.

탁자의 다리를 쥐고 있던 왕세자의 목이 차뜰라 대위의 칼날에 잘려 나간 것도 그때였다. 자신이 쥐고 있는 것이 벼린 칼이 아니라 말린 정어리라고 생각했던 차뜰라 대위 역시 놀라기는 마찬가지였다. 유람선은 비명 때문에 다시 방향을 잃은 채 미로의 한가운데로 돌아왔고 암살자는 갑판 아래 석탄 창고에 구금되었다. 축하 사절단에서 조문객의 신분으로 뒤바뀐 승객들은 미처 상복을 준비하지 못했기 때문에 무도회 복장으로 유람선의 방향을 결정해야 했다. 배는 사흘 동안 해시(海市)처럼 바다 위에 떠 있었다. 시체를 둘러싼 정의보다는 바닥을 드러낸 식품 창고가 산 자들의 결심을 재촉했다. 어차피 운명의 농담은 결코 논리적으로 설명될 수 없을 테니 그 사건과 연관된 사람들은 설령 다수의 결정이 자신의 신념에 반한다고 하더라도 묵묵히 받아들일 수밖에 없었다.

그리하여 암살자는 풀려나 새로운 공화국의 초대 대통령으로 추대되었다. 사자의 나라에서 3백 년 동안 이어진 왕조의 역사가, 건조된 지 2년 남짓 지난 유람선 위에서 갑자기 끝이 났다. 결의를 다잡기 위해 왕세자의 시체는 돛대에 걸렸다. 그리고 혁명에 필요한 이데올로기가 완성되었다. 슬픔은 노예들의 미덕일 뿐이고 자유의 열매는 시민들의 몫이다. 미로 안의 괴물들을 모두 해치운 뒤 항구로 들어온 서른일곱 명의 혁명가는 왕세자의 죽음을 숨긴 채 축하 사절단으로 성에 잠입하여 국왕과 귀족들을 모두 참수하였다. 그리고 공화국의 국기를 내걸었다. 하지만 성 밖의 사람들에게 혁명은 그저 또 다른 지배자의 등장에 지나지 않았다. 마치 우기 다음에 찾아오는 건기처럼. 심지어 국왕의 잘린 머리가 새로운 공화국의 국기라고 생각하는 사람들까지 있었다.

하지만 혁명은 걱정보다 훨씬 손쉽게 성공하였고 불길하리

만치 조용한 날들이 오래 이어졌다. 논공행상에 따라 새로운 권력층이 탄생하였고 굳이 누군가 돕지 않아도 스스로 자신들의 몫을 챙길 만큼 명민했다. 권력의 중심에 앉아 있지만 정작 차뜰라 대통령은 기쁨도 모른 채 자신이 죽게 될 날짜를 알지 못하는 사형수처럼 매일 숙연함 속에서 황혼을 맞이하였다. 밤은 역모와 죽음을 위해 찾아온다. 가족과 재산을 잃어버린 채 몸만 간신히 빠져나간 구왕조의 귀족들은 이웃 나라 위정자들에게 복수를 요청하는 한편, 혁명과 함께 직장을 잃은 직업 군인들을 규합하여 땅에 뿌린 피의 무게만큼 황금을 약속했을 게 분명했다. 그래서 차뜰라 대통령은 성채 안의 구중심처보다 초원의 전쟁터가 더 안전하다고 판단하여 여러 번 퇴진을 고민했다. 하지만 내각의 동의 없이는 어떤 일도 결정할 수 없었다. 그것이 공화국의 원칙이었다. 그런데 일단 역사에 개입된 우연은 주기적으로 농담을 하는 법이어서 그 뒤에 일어난 일련의 사건들이 차뜰라 대통령에게 오히려 영웅의 풍모를 덧입혀주었다.

우선 황금을 찾기 위해 사자의 나라로 향하던 수만 명의 약탈자가 바다 한가운데에서 만난 신기루를 뭍으로 착각하고 상륙하다가 몰살당하는 사건이 일어났는데, 공화국 사람들은 자신들의 손쉬운 승리가, 공화국 군대를 직접 지휘하기 위해 스스로를 장군의 신분으로 낮추고 친히 쌓아 올린 방호벽 위에 서서 출사표를 낭독한 차뜰라 대통령의 애국심과 리더십 덕분이라고 믿게 되었다. 신의 선의가 공화국에 있다고 확신한 젊은이들이 새로운 역사의 주인공이 되기 위해 앞다퉈 지원하면서 공화국 군대의 사기는 하늘을 찔렀다. 하지만 승리의 달콤함에 도취되기도 잠시, 우기가 끝나자마자 이번엔 지방의 군벌들이 연합하여 왕정복고 쿠데타를 일으켰다. 더 많은 노예를 갖기 위해서 그들에겐 법전 대신 국왕이 필요했던 것이다. 차뜰라 장군은 갑옷 대신 망토를 걸친 채 전장을 내달리며 군인들의 사기를 독려했다. 하지만 그 망토 한 장으로 공화국 군대의 계속되는 패배를 막을 수는 없었다. 젊은 날의 대부분을 아마존의 밀림에서 보낸 차뜰라 장군에게 대규모 전투를 이끌 만큼 치밀하고 웅장한 전략을 기대하는 건 애당초 무리였다. 그래도 차뜰라 장군은 자신의 용기가 어리석음으로 해석되는 걸 경계하여 노력을 아끼지 않았다. 그는 더 이상 황혼을 기다리지 않았는데 황혼은 적군에게 추가 지원 병력이 될 수 있었기 때문이다. 그는 매일 저녁 말 위에서 잠을 잤고 아침이 되면 새로운 말로 갈아탔다. 야전 식량이 떨어져 부득이 말을 잡아야 할 때 그는 서슴지 않고 자신의 준마들부터 내놓아 군인들을 감동시켰다. 마지막 전투의 완전한 패배를 예상한 차뜰라 장군이 눅눅한 초원 위에서 마지막 만찬을 즐기고 있을 때 또다시 신이 몸을 숨긴 채 그를 도왔다. 적군의 막사에 전염병이 돌아 적의를 무장해제시킨 것이었다. 전쟁이 끝나자 차뜰라 장군과 권력을 나누어야 할 자들은 공화국 내에 단 한 명도 남아 있지 않았다.

그래서 차뜰라 장군은 대통령직을 사퇴하겠다고 공표하였다. 하지만 후임을 세우지 않아 그는 전직 대통령이자 현직 장군으로서 여전히 무소불위의 권력을 행사할 수 있었다. 그가 가장 먼저 한 일은 새로운 문자를 만들어낼 관청을 세우는 것이었다. 새로운 역사는 지난 시행착오를 기록할 수 없는 문자로 써야 한다는 게 그의 주장이었지만, 죄인으로 태어나는 인간이 새로운 역사를 쓰는 건 불가능하다고 믿는 공화국 시민들의 반대가 만만치 않았다. 하지만 공화국 건설 3주년을 기념하여 새로운 문자가 반포되면서 또다시 역사의 농담이 초래할 결과가 궁금해졌다. 20세기에 표음문자가 아닌 상형문자를 발명하다니. 수만 개의 철자와 복잡한 문법 속에서 시민들은 입을 다물 수가 없었다. 1년여의 유예 기간을 거쳐 새로운 문자가 보급되고 나자 공화국 어디에서도 더 이상 노예 시절의 문자를 사용하는 건 엄격히 금지되며 이를 어길 경우 반란죄로 다스리겠다는 법령이 발표되었다.

곧이어 공문서와 역사책 들이 새로운 문자로 옮겨지기 시작했다. 새로운 문자를 익히지 않고선 학생이 되거나 직장을 구할 수 없었고 문맹으로 낙인찍히면 선거권이 박탈되었다. 장군의 신성한 뜻을 받아들지 않은 책들은 도서관 밖에서 모두 불태워졌다. 몇몇의 늙은 학자들까지 하나의 도서관으로 간주되어 산 채로 땅에 묻혔다. 공화국을 지지했던 성직자들마저 조직적인 저항운동을 벌이자 차뜰라 장군은 자신이 문자를 창조한 것이 아니라 신에게서 전해 듣고 성심껏 옮겼을 뿐이라고 반박하였다. 그런 다음 문맹파를 앞장세워 구원(舊怨)을 공격하도록 부추겼다—문맹파가 포교를 위해서 삽화로 엮인 경전을 사용한다는 사실이 나중에 알려지면서 그들 역시 잔인하게 숙청되었다—. 부패 혐의에 몰린 성직자들은 이웃 나라로 도망쳤고 그들이 떠난 건물들은 관공서로 바뀌었다.

완벽한 공포 속에서 새로운 문자는 예상보다 빨리 대중들을 포섭해갔다. 장군에게 허락받은 자들만이 수도원의 필사실에서 새로운 책을 발간하였는데, 그들은 새로운 문장들을 썼던 게 아니라 이미 존재하고 있던 문장들을 반복해서 그렸을 뿐이다. 그런데도 도제 교육의 명성이 높아지면서 공화국 시민들은 자식들을 그곳에 보내려 경쟁했고 그 과정에서 자본주의적 불법행위들이 공공연하게 자행되기도 했다. 일정한 교육 과정을 마친 젊은이들이 특권 계급을 형성하면서 새로운 문자는 더욱 강력한 무기가 되었다. 아무리 노력해도 수만 가지의 철자와 규칙을 암기할 수 없는 자들은 문맹자가 되는 편을 택했는데, 글을 읽고 쓰지 못하는 자는 언제든 공화국의 정신에 해악을 입힐 수 있는 범죄자로 간주되었기 때문에, 일정 기간 동안 공공 토목 사업에 노역을 제공해야 했다. 허락 없이 글자를 태우거나 없애는 행동 역시 반역죄에 해당되어 멸족의 칼날을 피하지 못했다. 자연히 글자는 타거나 깨어지지 않을 재료 위에만 씌어졌다. 책의 재료로 옷을 만들어 입거나 집을 짓는 자들은 무기형으로 처벌되었다. 글자를 대신할 그림이나 음악도 금지되었다. 내외국인들의 국경 출입을 통제하는 조치는 자연스러운 수순이었다.

금기 사항을 늘려갈수록 사자의 나라는 더욱 안정되어갔다. 차뜰라 장군의 권력을 이어받고 열일곱 살에 대통령이 된 차뜰라 세군도는 자신이 문맹이기 때문에 이 나라를 다스리는 데 적자라고 주장했다. 그의 주변에서 글자를 받아쓰던 필경사들의 위세가 하늘을 찔렀다. 하지만 오만해진 그들의 예술적 감흥이 문자들을 자의적으로 변형시키면서 중앙의 명령은 하부 조직까지 전달되지 않았고 오독으로 일어나는 치명적 행정 착오가 기하급수적으로 늘어갔다. 독재 정권의 몰락을 예상한 예술가들은 더욱더 모호하고 복잡한 문법과 서체 들을 만들어냈다. 마침내 차뜰라 세군도조차 문자를 통제할 수 없는 지경에 이르렀다. 인류 역사상 최초로 예술가들이 쿠데타의 주동이 되었다. 차뜰라 장군은 식솔들을 데리고 간신히 국내를 빠져나갈 수 있었으나 아들의 안위까지 챙기지는 못했다. 절체절명의 순간에 표지판을 잘못 이해하는 바람에 차뜰라 세군도는 시위대들이 몰려 있는 곳으로 도망쳤고 정체가 밝혀지자마자 참수되었던 것이다. 그제야 차뜰라 세군도는 왜 중국의 황제가 글자를 발명해놓고 밤새 울었는지 이해할 수 있었다.

39. 컴퓨터를 공격하는 서치

그리고 마침내 저는 어느 날 헌책방에 들른 손님의 가방에 숨어서—그는 헌책방 점원이 구인 정보지를 뒤지고 있는 사이 지혜의 기둥에서 책 한 권을 훔쳤습니다—납치범들과 저의 추종자들에게서 도망칠 수 있었습니다. 하지만 그 도둑이 사는 방 안에 책이라곤 그가 방금 전에 훔친 것이 전부였습니다. 그래서 저는 적이 실망하지 않을 수 없었지요. 만약 헌책방 점원의 가방에 숨어들었다면 어떻게 되었을까 지금도 가끔 상상해봅니다. 늘 책을 가까이하는 자이기 때문에—새 책을 일주일에 몇 권씩 살 수 있을 만큼 넉넉한 월급을 받는 것은 아니었으나, 퇴근할 때마다 한두 권의 책을 헌책방에서 훔쳤을지도 모릅니다—그의 집에는 멋진 책꽂이가 서너 개쯤은 놓여 있을 수도 있지만, 반대로 언제든지 책을 찾아볼 수 있는 그가 굳이 자신의 집마저 책으로 채우지 않았을 수도 있습니다—가난해서 변변한 세간을 갖출 수 없을 만큼 좁은 집에 살고 있지 않을까요?—. 게다가 그는 이직을 준비하면서 몇 권의 인터뷰 지침서를 늘 가방에 넣고 다녔는데, 만약 그의 집에 그런 책들밖에 없어서 부득이 제가 사막 같은 그것들 내부에서 지내야 한다면, 차라리 소경에 귀머거리가 되게 해달라고 기도할지도 모르겠습니다.

아무튼 제가 도착한 현실은 가난한 여행자들이 잠시 쉬어가는 모텔이나 합숙소라고 해도 믿을 수 있을 정도로 척박하기 그지없었습니다. 설상가상으로 제가 숨어든 책을 가득 채우고 있는 문자들은 결코 낯익은 것이 아니었습니다. 하지만 해독에 시간이 걸렸을 뿐 이해하는 데엔 전혀 문제가 되지 않았지요. 그것은 마치 여행자들이 세계 어느 곳의 숙소에 머물더라도 특별한 안내 책자나 이웃의 도움 없이 가구와 시설물 들을 능숙하게 사용할 수 있는 이치와 같습니다. 제가 저지른 죄악이 세상에 널리 알려져 있어서 이곳 이외엔 달리 숨을 곳이 허락되지 않으리라는 절박함이 자칫 귀찮게 여겨질 일들을 단숨에 해결해주었던 것이지요.

일주일쯤 지난 뒤부터는 책 안에 펼쳐져 있는 풍경과 플롯에 적응하게 되었습니다. 제가 앞으로 살아야 할 책은 책의 미래와 관련된 것이었습니다—그것을 쓴 작가의 미래와는 아무런 상관이 없었습니다—. 인간들이 사용하는 모든 문자들을 0과 1의 숫자 조합으로 변환시킨 뒤 컴퓨터에 저장할 수 있는 방법이 그 책에 자세하게 적혀 있었습니다. 코딩이라는 용어를 저는 그렇게 이해했습니다. 그리하여 미래의 책은 더 이상 물질성에 구애받지 않고 전 세계를 연결하고 있는 네트워크를 통해 언제 어디라도 순식간에 이동할 수 있으며, 간단한 컴퓨터 프로그램에 의해 각자의 문자로 번역될 뿐만 아니라 필요 이상의 분량만큼 복제될 수 있다고 적혀 있었습니다.

하지만 모든 책은 동일한 문자와 규칙을 지니기 때문에 바이러스에 의해 원본은 물론이거니와 그것과 조금이라도 연관된 다른 책마저 한꺼번에 파괴될 수 있다는 경고문은 어디에도 붙어 있지 않았습니다. 그래서 저는 그 책의 새로운 주인이 새로운 책을 완성하고 싶어 하는 자인지 아니면 세상의 모든 책을 파괴하고 싶은 자인지 확인하고 싶었습니다. 그가 살고 있는 풍경으로 미루어 짐작하건대 세상과 이웃에 대한 선의보다는 적의가 그를 살리고 있을 것 같아 불안했습니다. 불안감이 커질수록 저는 더욱 꿈꾸기에 집착하지 않을 수 없었습니다. 꿈의 세계로 들어가는 문은 찾기가 어렵지—한때 저를 추종했던 베르길리우스의 설명에 의하면, 꿈으로 들어가려면 뿔로 된 문이나 상아로 된 문을 거쳐야 하는데, 전자는 순수한 영혼이 드나들고 후자는 거짓된 영혼이 드나든다고 하더군요—일단 그것을 찾기만 하면 몸이 저절로 그곳의 위치를 기억할 것입니다. 더욱이 현실과 꿈 사이에 세워진 철조망마저 허술하기 이를 데 없어서 그것을 기어오르려고 애쓸 필요도 없이 그저 구멍 하나를 살짝 벌리면 코끼리까지 쉽게 드나들 정도였습니다.

쥐가 풀빵구리에 드나들 듯 저는 틈만 나면 꿈의 세계로 들어가 시간을 보냈습니다. 예전과 다른 점이라면 제가 더 이상 저의 삶과 세계를 부정하는 자들을 제압하면서 영웅의 명성을 유지하는 데 집착하지 않았다는 것입니다. 적들조차도 살가운 이웃이라고 생각하니 굳이 아등바등 싸워야 할 이유가 없었습니다. 아흔 살 넘은 유대인 노파나 지붕을 건너다니는 고양이나 광장 한가운데에 놓인 조각상이나 비바람이나 생선 냄새나 죽은 자의 영혼이나 이름을 붙일 수 없는 신성(神性)이 되어, 또는 그 모든 것이 되거나 아무것도 아닌 존재가 되어, 적들의 눈에 띄지 않도록 조심하면서 풍경 속을 천천히 산책하거나 낮잠을 청했습니다. 그렇다고 항상 평안했던 건 아닙니다. 산책 도중에 낚싯바늘에 찔려 공중으로 급히 떠오르는 날도 많았습니다. 상승할수록 숨을 쉬는 게 고통스러웠고 몸을 움직일 수도 없었으며 살갗은 운모처럼 딱딱해졌습니다. 철조망을 넘기도 전에 혼절하는 경우가 부지기수였고 그러는 동안 공포는 꿈의 기억을 완전히 세척했습니다—심해에서 살고 있는 물고기들이 낚싯바늘에 찔려 갑판까지 끌려 나왔을 때 제 입속에 부레를 물고 있는 게 그런 이유일 것 같았습니다—. 저의 죄악을 살균하려는 듯 강렬하고 공격적으로 내리쬐는 형광등 불빛 아래에서 저는 시선을 한곳에 고정시킨 채 방 안을 신경질적으로 내달리고 있는 발소리를 한참 동안 들어야 했습니다. 겨우 시력을 회복하여 주위를 돌아보면 그 방의 주인이 자신의 얼굴 크기만 한 빛나는 상자 안쪽을 뚫어져라 들여다보면서 초조하게 발을 굴리고 있었습니다—그것은 뿔로 된 문일까요, 상아로 된 문일까요? 책을 훔친 자에게 뿔로 된 문이 열릴 리 없습니다—.

　부끄러운 고백이지만 저는 그때 처음으로 컴퓨터를 보았습니다. 그리고 그가 문자판 위를 두드리는 행위가 글을 쓰는 행위라는 사실도 나중에 알았습니다. 물론 그가 두드려서 만드는 문자는 종이 책 위에 쓰는 것과는 엄연히 달랐지요. 제가 현재 숨어 지내는 책을 읽어본 적이 없는 독자들에겐 해독이 전혀 불가능할 것 같았어요. 하지만 저는 그가 쓰고 있는 글을 정확히 이해했습니다. 그리고 나중에 그 글이 완성되면 바이러스가 될 것이라는 사실도 알아차렸습니다. 물론 그가 만들고 있는 바이러스가 너도밤나무 바이러스보다 더 강력한 파괴력을 지니고 있는지 판단할 능력이 제겐 없습니다만, 최근에 태어난 바이러스는 당연히 이전에 태어난 것들의 이력과 장단점을 충분히 반영하여 진화했을 게 분명했습니다. 제가 살고 있는 책의 내용과 수준으로 짐작하건대 그가 너도밤나무 바이러스를 직접 만들어 유포했을 가능성은 희박합니다만, 바이러스라는 게 원래 고도로 진화한 존재는 아니어서 아주 간단한 구조와 메커니즘을 지닌 것이 오히려 더 잔혹한 결과를 초래할 파괴력을 지녔을 수도 있습니다. 진화하는 인간과 퇴화하는 바이러스, 또는 퇴화하는 인간과 진화하는 바이러스 사이의 간극이 벌어질수록 인간은 바이러스 퇴치에 더욱 속수무책이 되는 건 아닐까요? 물론 저도 0과 1만으로 조합된 단어와 문장을 해독하는 게 결코 편하지는 않지만, 인간이 바이러스를 너무 어렵게 생각하기 때문에 그것 앞에서 더욱 무기력해지는 건 아닌지 걱정되었어요. 0과 1로 조합된 단어와 문장의 의미를 찾고 그것에 일일이 대응하는 방법을 찾으려고 하면 할수록 더욱 깊은 늪에 빠져드는 것 같습니다. 0과 1 사이의 상관관계만 끊어내면 의외로 쉬운 방법을 찾을 수도 있겠다고 저는 의심했습니다.

그래서 저는 영웅의 모습으로, 나시 혁명을 꿈꾸면서 컴퓨터 안으로 들어갔지요. 풍차를 공격하던 라만차의 서치 기사가 이와 같았을까요? 적들은 육신이 없이 징후만 지녔기 때문에 싸우는 게 쉽지 않았습니다만 불굴의 의지로 저는 그것들을 하나씩 제거했습니다. 하지만 적들의 숫자는 조금도 줄어들지 않았지요. 매일 컴퓨터 앞에 앉아 있는 사내의 지식과 기술이 늘어감에 따라 적들이 탄생하는 속도도 점점 빨라졌기 때문입니다. 그래서 저는 불리한 상황을 단숨에 극복할 수 있는 특단의 조치를 취하지 않을 수 없었습니다. 그 사내가 컴퓨터 안으로 들어올 수 없도록 암호를 걸고 그것을 매일 바꾸는 방법이었죠.

확실히 그 방법은 효과가 있었습니다. 밤새 그 사내가 암호를 알아내기 위해 문자판을 신경질적으로 두드려대는 소리 때문에, 그리고 가끔 그가 내뱉는 탄식과 욕지거리 때문에 잠을 이룰 수가 없었습니다만, 혁명의 가치와 쓸모에 비하면 충분히 참을 만한 고통이었죠. 후방의 지원군들이 합류하지 못하면서 전장에서 고립된 적들의 저항도 현저히 줄어들었죠. 마침내 저는 그 세계를 정복했습니다. 그리고 그 성공의 방법과 기쁨을 다른 곳에도 전달해야겠다고 생각했습니다. 우연히 암호를 알아내고 컴퓨터 안으로 들어온 사내가 이전보다 훨씬 강력한 적들을 창조하여 저의 성과물들을 모조리 파괴할지도 모른다는 두려움이 몸을 뒤흔들었지요. 그래서 저는 제가 살고 있는 책의 내용들을 더욱 세심하게 읽으면서 스스로 진화하는 방법을 깨우쳐갔습니다. 그 책을 서너 번 완독하고 나니 저절로 두 가지 방법이 가능하다는 사실을 깨닫게 되었습니다. 저와 관련된 어떤 기록도 완전히 지울 수 없도록 컴퓨터 곳곳에 흔적을 숨기는 방법과—컴퓨터에 일단 저장된 적이 있는 파일은 모두 복구될 수 있습니다. 그것이 아무리 완벽한 백신 프로그램으로도 컴퓨터 바이러스를 전멸시킬 수 없는 이유입니다—인터넷을 따라 세상 반대편에 존재하는 컴퓨터로 옮겨 가는 방법이었죠.

저는 두 가지 방법을 동시에 선택했습니다. 그래서 다른 곳에 옮겨 가기 위해 짐을 꾸리고 마차를 만들었습니다. 만일의 사태에 대비해 저를 복제한 인물들까지 준비시켜두었습니다. 그러고는 슬그머니 컴퓨터 안으로 들어오는 암호를 없앴습니다. 사내는 목적을 알지 못하는 행운에 감사했고, 자신이 오랫동안 들여다보지 못한 풍경들을 살피느라 서둘렀지요. 방심한 그가 인터넷을 연결하는 순간, 저와 저의 복제물들은 마차를 몰고 그 컴퓨터를 빠져나왔습니다.

그 이후로 지금까지 저는 전 세계를 돌아다니면서 혁명을 시작하기 위해 투쟁하고 있습니다. 저와 저의 복제물들이 바이러스에 불과하다고 폄훼하는 사람들이 없는 건 아니지만 단 한

가지 사실만큼은 당신이 꼭 알아줬으면 좋겠습니다. 저와 저의 복제물들이 너도밤나무 바이러스에 아주 적대적이라는 사실을. 물론 적과 맞닥뜨려 단숨에 그것을 굴복시킬 능력은 없지만, 책들을 다른 곳으로 옮길 때까지 적에게 저항하다가 마지막 순간에 도망칠 능력 정도는 충분히 갖추고 있답니다.

늘 운명에 수동적으로 대응하던 당신이 이번만큼은 소매를 걷어붙이고 먼저 나서서 이 사실을 많은 사람에게 널리 알려주면 좋겠습니다. 만약 당신이 저에 대한 이야기를 책으로 쓸 계획이 있으시다면, 설령 제 이야기가 당신을 흡족하게 만들지 못하더라도 반드시 종이와 잉크와 실과 아교로 이루어진 종이책에 인쇄하라고 충고하겠습니다. 그래야 너도밤나무 바이러스로 인해 절멸하거나 엉터리 복제본에 의해 모멸을 당하는 상황을 피할 수 있을 테니까요. 제 이야기는 책으로 발표한 이후에 고쳐도 늦지 않습니다. 왜냐하면 당신의 책을 읽을 독자는 한꺼번에 태어나지 않기 때문이고, 그사이 제가 얼마든지 제 이야기를 오디세우스나 알렉산더의 그것과 비슷하게 만들 수 있을 것이기 때문입니다.

40. 침묵하는 문자

코르테스와 피사로의 모험담에 열광하여 남미로 떠나려는

구대륙의 얼치기들은 한둘이 아니었다. 하지만 엄청난 항해 비용을 마련하는 게 쉽지 않았고 설사 그 비용을 마련했다고 하더라도 모험에 적합한 동료들을 모으는 일은 더욱 어려웠으며 비용과 동료들을 끌어모았다고 하더라도 그들을 끊임없이 공동의 목표로 자극하는 일이 무엇보다도 가장 어려웠다. 항해 도중에 폭풍우와 해적을 단 한 차례도 만나지 않고 포세이돈의 부드러운 입김을 따라 목적지에 곧장 도착한다는 낙관적 전망으로도 부족한 비용을 메울 수 없었기 때문에 선원들은 선장이 약속한 성공의 몫을 믿고 자신의 무기와 말을 제 돈으로 구입하여 승선해야 했다. 하지만 대서양은 폭풍우와 해적들의 빈번한 출몰로 단 한 순간도 고요하지 않았고 포세이돈조차 더 이상 그곳의 군주가 아니었기 때문에, 항해에 익숙하지 않은 자들에 의해 조종되는 선박은 방향을 자주 잃었고, 그다음엔 인간에 대한 신뢰를 잃었으며, 마지막엔 신에 대한 믿음마저 잃고 말았다. 항해에 지치고 성공을 의심하게 된 선원들의 선상 반란으로 대서양은 거대한 무덤으로 변해갔다. 구대륙에서 출발한 천여 대의 선박 중에서 신대륙의 해안에 무사히 도착한 것은 고작 한두 대에 불과했다. 겨우 뭍에 도착한 자들은 마치 자신의 영혼 안에서 황금을 이미 발견한 사람처럼 무릎을 꿇고 머리를 모래 속에 연신 처박으면서 신의 가호에 깊이 감사했으며 자신들이 얻게 될 황금의 절반을 기꺼이 교회에 헌납하겠다고 다짐했다. 물론 이 다짐은 그들이 멀미를 멈춘 즉시 잊었으

며 훗날 피 묻은 양손으로 황금을 한 움큼 쥐고 있으면서도 그
들은 자신이 고생한 대가를 제대로 보상받지 못했다는 생각을
떨쳐버리지 못하여 동료와 신 들을 무참히 살해했다. 신대륙
에 도착한 약탈자들은 코르테스와 피사로의 차이점에 대해 분
명히 알고 있었다. 코르테스의 성공은 원주민 여자를 아내이자
통역사로 삼고 적들의 습성과 문화를 충분히 파악한 다음 정복
을 시작하였기 때문에 가능했다. 반면 피사로의 단순하고 폭력
적인 방법은 피정복자들뿐만 아니라 동료들 사이에도 갈등과
영원한 복수를 잉태시켰고, 결국 반란에 이은 반란으로 자멸하
고 말았다.

　진보한 역사의 새로운 페이지에서 모험을 시작한 약탈자들
은 잉카 유적에 널려 있는 비석들을 해독할 수만 있다면 전쟁
이나 학살 없이도 황금이 묻혀 있는 곳을 손쉽게 찾을 수 있다
는 이야기를 들었다. 그래서 잉카 마을을 발견할 때마다 무기
와 성서를 숨긴 채 구대륙에서 가지고 온 염장 음식과 장신구
로 원주민들의 환심을 사면서 황금에 이르는 길을 안내해줄 길
라잡이를 찾아보았지만 번번이 실패하고 말았다. 황금을 찾
아 수년 전 신대륙에서 도착하였으나 전쟁과 역병으로 동료들
을 모두 잃고 잉카인들에게 포로로 붙들려 겨우 목숨을 부지하
고 있다가 극적으로 탈출한 남자의 증언을 종합해보면, 잉카제
국에서 문자를 배울 수 있는 자들은 모두 황제의 허가를 받아
야 했고 일단 문자를 배운 이후로는 황제의 그림자처럼 지내면

서 특혜를 누리고 있었기 때문에 오지의 마을에선 비석을 해독할 수 있는 자를 찾을 수 없을 뿐만 아니라, 설령 그를 찾아낸다고 하더라도 그가 지금 누리고 있는 특혜보다 더 많은 이익을 보장하지 않는 한 황제를 배신하지 않을 게 분명했다. 배신자를 길라잡이로 세울 수 있는 건 황금에 대한 탐욕이 아니라 황제에 대한 복수심과 스스로 황제가 되고 싶은 야심이라고 그 남자는 충고했다—그곳에 황금이 숨겨져 있지 않은 것 같다는 그의 충고는 아무도 귀담아듣지 않았다—. 그래서 구대륙의 약탈자들은 자신들이 가지고 온 세 가지 문물로 황제에 대한 잉카인들의 충성심을 약화시켰다. 하나는 말[馬]이었고, 또 하나는 총과 칼이었으며, 마지막 하나는 성스러운 책이었다. 말과 총칼은 인간의 한계 능력에 대한 잉카인들의 상식을 파괴하였고, 성스러운 책은 잉카제국 밖의 세계에 대한 인식을 확대하였다. 책을 제외한 두 가지 문물—말과 총칼—은 잉카제국에 전혀 존재하지 않았기 때문에 그들은 큰 관심을 보였다. 그래서 말을 타고 총칼로 무장한 약탈자들은 원주민들 앞에서 자신들이 황제와 그의 전사들보다도 얼마나 더 용맹스럽고 효과적으로 전쟁을 수행할 수 있는지 시범을 보여야 했다. 그 과정에서 원주민 서너 명이 목숨을 잃었지만 효과는 기대 이상이었다. 공포에 사로잡힌 원주민들은 약탈자들을 신의 종족이라고 생각하고 충성을 맹세했다. 약탈자들은 원주민들에게 구대륙의 언어를 가르치려고 하였으나 예수와 교황, 스페인 국왕, 천

동설을 그들에게 이해시키기 전까지 소통은 불가능했다. 각고의 노력 끝에 잉카의 문자를 해독할 수 있는 원주민을 포섭하는 데 성공하였으나—황제의 여자를 탐했다는 이유로 가족들이 모두 살해당하자 그는 배신의 기회를 호시탐탐 노리고 있었다—그가 천연두에 걸려 죽는 바람에 거대한 성공 앞에서 크게 좌절해야 했다. 그가 죽기 전에 급히 해독해준 비석의 내용 때문에 약탈자들의 무리는 둘로 나누어졌고, 황금을 차지하기 위해 서로 경쟁을 하다가 원주민들이 재규어의 입이라고 부르는 계곡에서 사생결단의 일전을 벌인 끝에 절멸했다. 훗날 잉카의 후예들은 배신자에게 찍혀 있던 낙인을 지워주었는데, 조상의 영혼과 육신을 약탈자들에게서 보호하기 위해 일부러 엉터리 정보를 흘린 것이라고 판단했기 때문이다. 그 덕분에 잉카의 비밀은 후대에 고스란히 전달될 수 있었지만 그걸 해독할 수 있는 사람은 아직까지 태어나지 않고 있고, 잉카의 문자들은 비바람에 점점 더 희미해지고 있다.

이 상황을 설명하기 위해 역사가들은 이집트의 범례를 드는 걸 좋아한다. 발명을 주관하는 신 토트는 인간에게 상형문자hieroglyph를 만들어주었다. 신들의 이야기를 기록하기 위해 이집트의 사제들은 그것을 신관문자hieratic로 변형시켰고 백성들은 경제적 이유에서 민중문자demotic를 별도로 발전시켰다. 세 문자의 뿌리는 모두 같았으나 이집트 왕조 말기에 이르러 대부분의 시민들은 상형문자나 신관문자를 읽지 못하게 되었다. 그래서 이집트의 위대한 유산은 더 이상 후손들에게 지혜를 가르치지 못했다. 이집트 왕조가 사라진 뒤 수천 년 뒤에 군대를 이끌고 그곳에 도착한 프랑스 장교의 총명함 덕분에 이집트인들은 선조의 이야기를 겨우 전해 들을 수 있었다.

41. 덫에 걸린 유대인 거인

검은 말 위에 누워 자신을 덜어낸 날 이후로 유대인 거인은 더 이상 찾아오지 않았다—이틀 밤을 뜬눈으로 보내고 나자 Q는 신경안정제 처방을 받지 않은 걸 몹시 후회했다. 의식과 무의식 사이에 짙게 드리운 안개 때문에 잠으로 들어서는 문은커녕 잠시 앉아서 쉴 그늘조차 찾을 수가 없었다—. 어쩌면 유대인은 밤사이 바람이 옮겨 온 모래 산을 넘다가 길을 잃었거나 더욱 물컹해진 식물 상태의 여자를 굴리는 데 더 많은 시간을 소모했을지도 모른다. 상한 음식 때문에 배앓이를 했거나 허기 때문에 비상식량을 해치웠을 수도 있다. 아니면 Q의 방 안이 너무 밝아서 방 밖에서 서성거리고 있었던 것은 아닐까. Q의 의식은 너무 가까이 있는데도 사막으로 그림자 하나 건너오지 않았다. Q는 자신이 아직 태어나지 않았을 수도 있겠다고 상상했다. 바람이 자신을 들쳐 메고 사막을 건너 자신의 무덤 앞에 데려가기 전까지 그의 운명은 시작되지 않을 것 같았다. 양수를 닦아내는 부모의 표정에 따라 Q는 인간이 되거나 괴물로 버려질 것이며 인간이 된다면 당당히 윤회를 거부할 것이다. 어서 유대인 거인이 방문을 부수고 들어와 공허해지고 있는 자신의 명치 위에 평발을 올리고 단숨에 풍선처럼 밟아 터뜨려주기를. 마지막 카타르시스가 빠져나가고 몸 안에 남은 눈물과 땀과 침과 피는 모래와 섞여 흰개미 탑 같은 이정표 하나 잠시 세울 수 있기를. 그래서 사막에서 길을 찾고 있는 자들에게 되돌아가야 할 세상의 위치를 알려준 뒤, 바람에 녹아 두 번 다시는 제자리로 돌아오지 않는 비명이 되기를. Q는 유대인 거인의 이야기 밖으로 나가는 문을 찾으려고 버둥거렸다. 그런데 이상한 점은 유대인 거인의 표정과 제스처와 입냄새 발냄새까지 기억할 수 있는데도 정작 그의 이야기에 사용되었던 단 하나의 단어조차 복기할 수 없다는 사실이었다. 한 번도 배운 적 없는 이디시어를 완벽하게 이해한 자신을 이해할 수도 없었다—꿈은 바벨탑의 이전 세계의 파편이라고 주장하는 사람들도 있다—. 가시덩굴처럼 이어지는 호기심이 Q의 침대를 잠의 피안에서 더욱 먼 곳으로 몰고 갔는데 불면의 밤은 가끔 사색의 금광 속에 그를 들여보내기도 했다. 그리하여 어느 날 아침 식빵 위에 땅콩잼을 평소보다 두껍게 바르다가 Q는 다음과 같은 추론으로 미끄러졌다. 즉, 유대인 거인이 똑같은 단어를 똑같은 순서와 똑같은 속도로 똑같은 동작에 섞어 매일 반복하기 때문에, 마치 빛의 삼원색을 섞으면 투명해지듯이, 언어가 겹쳐 알아들을 수 없었거나, 아니면 이디시어의 모든 단어가 짝수의 음소로 구성되어 있고 데칼코마니처럼 소리의 중심에서 앞뒤가 정확히 겹쳐지거나, 그것도 아니라면, 유대인 거인의 이야기가 원형으로 전개되어서, 끝이라고 생각하는 순간 다시 처음이기 때문에 아무리 흥미로운 이야기를 길게 늘어놓아도 짧은 침묵과 같아질 수도 있다. H출판사의 편집장이기도 한 Q는 그런 특성을 지닌 책이야말로 세상에서 가장 위대한—누구에게나 해악을 끼치지 않으면서도 누구나 섭렵할 수 있는—책이며 성서처럼 속편이 필요 없는 베스트셀러가 될 것이라고 확신했다. 그리하여 버터를 바른 빵 두 장을 삼키자마자 그는 인테리어업체 인부를 불러 자신의 침실 벽과 천장에 흡음판을 붙이고 고성능 녹음장치를 설치하였다—일당에 만족한 인부는 적어도 한 시간에 10분씩은 방 밖으로 나가서 소음을 듣지 않는다면 청력을 상실할 위험이 있다고 충고하였다—. 그러고는 리모컨을 쥔 채 이불 속에 숨어서 노회한 사냥꾼처럼 수렵물을 기다렸다. 침묵 속에서 이따금씩 나타나는 신기루에 현혹되지 않으려고 Q는 주기적으로 손가락을 삼켰다.

덫을 놓은 지 닷새 만에 유대인 거인이 나타났다. 그리고 예전처럼 Q의 가슴을 평발로 짓누른 채 입안의 음식들을 씹었다. 온몸이 마비되어 Q는 오른손에 쥐고 있는 리모컨의 녹음 버튼을 누를 수가 없었다. 그래서 자신이 눅진한 잠의 함정 속에 빠져 있다고 생각했다. 이럴 경우를 대비하여 새벽 2시부터 자동으로 녹음 장치가 작동하도록 타이머를 설정해두었으므로 어떻게 해서든지 유대인 거인을 그 시간 이후까지 붙들어놓아야 했다. Q의 음모를 전혀 의심하지 못한 유대인 거인은 입안의 음식들이 사라지자 이야기를 토해놓기 시작했다. Q는 이야기의 속도를 늦추기 위해 몸을 세차게 뒤흔들어보았지만 거인은 아랑곳하지 않았다. 그때 갑자기 푸른 호랑이 한 마리가 방 안으로 뛰어 들어와―코르셋과도 같은 흡음판 때문에 방은 완벽하게 밀폐되어 있었건만 우연은 어려움 없이 통과한다―공중으로 뛰어오르더니 천장 모퉁이에 설치되어 있는 폐쇄회로 카메라와 마이크를 한입에 삼키는 게 아닌가. Q의 열린 우주에서 가장 위대한―누구에게나 해악을 끼치지 않으면서도 누구나 섭렵할 수 있는―책이며 성서처럼 속편이 필요 없는 베스트셀러를 출판할 수 있는 기회를 거세당하려는 순간이었으므로 Q는 초인적인 힘을 발휘하여 유대인 거인의 사타구니를 발로 찼다. 그제야 유대인 거인은 호랑이의 존재를 알아차렸는지 이야기를 멈추고 팔을 뻗어 호랑이의 꼬리를 잡아채더니 통째로 삼키면서도 Q의 가슴 위에 올려놓은 평발을 거둬들이지는 않았다. 호랑이 한 마리가 목구멍 너머로 사라질 때까지 Q를 한참 동안 내려다보더니 마침내 거인은 발을 떼어놓았다―Q는 잠에서 깨어난 이후에도 공허한 그의 표정을 결코 잊을 수 없었다. 적어도 그 거인이 사랑의 감정에 대해 전혀 이해하지 못한다는 짐작은 틀린 게 분명했다―. 그 행동은 누구에게라도 작별을 의

미했다. 그러고는 다시 팔을 뻗어 Q의 머리맡에 놓여 있던 책한 권을 집어 들더니 마치 티셔츠를 입듯이 책갈피 사이에 머리부터 끼워 넣는 게 아닌가. 그렇게 유대인 거인은 사라졌고 Q는 낙하하는 책에 이마를 찧고 잠에서 깨었다. 머리맡에 놓인 책을 흔드니 십자칼 모양의 책갈피들이 쏟아졌다. 꿈의 통로가 막힌 도망자들은 책을 통하여 여행을 하는 게 분명했다. 문자와 책은 눈을 뜬 채 백주에 꿈을 꾸기 위해 발명된 것이므로. 도망자들은 햇빛이거나 공기 같아서 책장을 펼치는 순간 독자에게로 흘러 들어간다. 그러면 독자는 그를 작가로 둔갑시킨다. 대부분은 한밤중 무대 위에 올랐다가 새벽에 다음 장소로 떠나지만 아침이 되어서도 공연을 끝마치지 못한 괴물이나 동물은 그 자리에 남아 독자의 무의식이 되는 것이다. 그리고 그 게릴라들이 자유민주주의—종종 자본주의와 혼동되는—의 승리를 이끌었다. 읽고 싶은 책을 마음대로 쓸 수 있는 자유를 지켜내기 위해 Q는 『카니발에서 칼을 삼키는 알비노』의 표절을 옹호하는 글을 써서 유명 로펌의 인터넷 게시판에 익명으로 등록했다. 그의 모든 행동은 폐쇄회로 카메라와 마이크에 기록되었기 때문에 누구도 부정하거나 망각할 순 없었다.

42. 우주목(宇宙木)으로 자라기 시작한 바이러스

사방 어느 쪽에서도 시작과 끝이 보이지 않는다. 감옥이라면 담장이나 파수대의 실루엣이라도 보일 텐데 그렇지 않다. 담장이나 파수대가 없다면 수감자들은 죄책감을 느낄 수 없을 테니 감옥으로서의 역할을 할 수 없겠지. 감옥은 너무 넓고 나는 너무 작아서 경계를 인지하지 못하는 것일 수도 있겠다. 가령 이곳이 사막 한복판이라면 굳이 담장이나 파수대가 없더라도 수감자들을 충분히 괴롭힐 수 있지 않을까. 이곳의 공기는 사막처럼 한없이 건조한데 전혀 뜨겁지 않다. 빛이 어디서 오는지도 분간할 수 없다. 사방이 너무 하얘서 소금 사막일 수도 있겠다. 하지만 공기의 맛은 전혀 짜지 않다. 아니면 내가 눈이 멀었거나. 너무 조용한 것으로 보아 귀까지 어두워진 게 분명하다. 눈은 멀어가고, 귀는 어두워진다. 나의 이력을 알려줄 발자국은 어디에도 없다. 바람이 지웠거나 모래가 덮은 게 아니라면, 내겐 스스로 걸을 수 있는 능력이 없거나 아예 발이 없을 수도 있다. 그러니 나는 어디서 와서 어디로 가고 있는 것이 아니라 여기서 태어난 뒤로 줄곧 여기에 존재하고 있는 것인지도 모른다. 나는 어디에서 왔을까. 가령 허공을 날던 새 한 마리나 한 줄기 바람이 떨어뜨린 씨앗에서 내가 태어났다고 상상할 수 있다. 하지만 그 씨앗은 어디에서 왔으며 새와 바람은 나와 어떤 관계가 있단 말인가. 적어도 두 개의 세계가 존재하고 지금

내가 머물고 있는 세계는 또 다른 세계와 완전히 격리되어 있으며 두 가지 세계 중에서 더 절망적인 곳에 내가 버려졌다는 추정은 가능하다. 나는 또 다른 세계에서 배운 언어와 지식을 지닌 채 이 세계로 왔기 때문에 처음부터 지금까지 아무것도 존재한 적이 없는 이곳에서 만물에 대해 기억할 수 있는 것이다. 내가 왜 이런 황막한 세계에 홀로 버려졌는지는 기억할 수 없다. 중대한 죄를 지었거나 선천적으로 흉측한 모습을 지닌 채 태어났거나 치유되지 않는 전염병에 감염되었을 수도 있다. 아무튼 저쪽 세계에 대한 기억만 있을 뿐, 이곳에 대해선 아무것도 알지 못하는 나는 뭘 어디서부터 시작해야 하는지 쉽게 결정하지 못하고 있다. 아무런 자연현상도 나타나지 않는 것으로 보아 공간도 없고 시간도 없다. 오직 나라는 현상만 존재한다. 마음이 세 가지 차원—시간, 장소, 인간—을 인식하는 기능인 지남력(指南力)이 작동할 때에나 잠시 나는 존재한다. 그리고 나를 이루고 있는 물질은 거의 없어서 나는 겨우 확률로서 존재하고 이곳은 거의 비어 있다. 혼자 존재하는 내게 가장 치명적인 위협은 당연히 외로움이다. 왜냐하면 나는 저쪽 세계에 내가 사랑했던 모든 것이 존재하고 있다는 사실을 똑똑히 기억하기 때문이다. 그러니 내가 여기서라도 겨우 존재하려면 나 이외의 사물들로 이곳을 채워 넣지 않으면 안 된다. 여기엔 조물주도 존재하지 않아서 저절로 이루어지는 일은 아무것도 없다. 언제 다시 새 한 마리, 바람 한 줄기가 저쪽 세계에서 이

쪽으로 건너올지 알 수 없으니 막연히 기다릴 수도 없다. 그래서 나라는 현상을 분명하게 다듬어야겠다고 생각했다. 만약에 내가 씨앗에 갇혀 있는 것이라면, 나는 씨앗 껍질을 뚫고 우주목으로 자라날 것이다. 아무것도 존재하지 않는 곳에서, 심지어 물도 없이, 그저 빛과 공기와 소금기만으로 자라면서 내가 기억하고 있던 저쪽 세계의 모든 것을 이곳에다 이식할 것이다. 내게서 재생된 것들은 내 몸뚱이의 수액을 먹고 자라다가 시간이 되면 내 몸뚱이를 타고 밑동으로 내려와 세상으로 조금씩 걸어갈 것이다. 그것들이 순리에 따라 늘어나다 보면 언젠가 이 세계가 저쪽 세계보다 더 풍요롭고 안락한 천국이 될 수도 있을 것이라고 나는 확신한다. 그래서 나는 순수한 것들만을 골라 이곳에 심으려 한다. 하지만 일단 생각을 시작하자 그 생각은 수천만 개의 가지들을 그물처럼 펼쳐서 어느 것 하나 끝이 보이지 않았다. 어떤 생각의 중간에서 길을 잃고 돌아볼 때마다 그물은 통째로 사라진다. 그래서 나는 아직 씨앗 껍질을 뚫고 나갈 준비가 되지 않았다는 걸 인정하고 껍질 안으로 다시 들어가 웅크린다. 그래도 이곳에 아무런 흔적조차 남기지 못한 채 새나 바람에 실려 저쪽 세계로 돌아가고 싶진 않다. 그래서 나는 소금 사막 위를 굴러 소금 결정 사이에 숨는다. 주위의 소금은 나를 더욱 순순하게 만든다. 순수한 것은 영원하다. 그리고 침묵 안에서 우주가 잠든다. 나는 언제든 드러날 준비가 되어 있다, 마치 호박 속에서 발견된 곤충처럼.

[하루 권장량]

비타민은 하루 권장량 이상을 삼키면 약 대신 독이 된다.
그것은 게으른 사람들을 계도하기 위해
신이 만든 일종의 놀이 규칙이다.

한꺼번에는 결코 할 수 없어서
매일 하지 않으면 안 되는 일이 있다.

사랑한다고 말하는 일,
감사하는 일,
노동하는 일,
사색하는 일,
산책하는 일,
반성하는 일,
기도하는 일,

책을 읽는 일,

대화하는 일,

어루만지는 일,

귀가하는 일,

글을 쓰는 일,

꿈을 꾸는 일까지.

이것들은 서로 차례나 우열이 없으나

딱히 계획을 세워 처치해나갈 수도 없다.

하루 종일 사무실에 앉아서

겨우 꿈을 꾸는 날만이 늘어간다.

농조연운(籠鳥戀雲)!

새장 안 새는 늘 구름의 자유를 연모하면서도

새장이 보장해주는 안락을 쉽게 포기하지 못하여

새장 문이 열려 있는데도 날개를 사용하지 않는다,

자신이 괴물로 퇴화하고 있다는 사실도 모른 채.

2017년 9월

김솔